CW00951520

CONSCIENCE CONTRE VIOLENCE
ou
CASTELLION CONTRE CALVIN

Né à Vienne en 1881, fils d'un industriel, Stefan Zweig a pu étudier en toute liberté l'histoire, les belles-lettres et la philosophie. Grand humaniste, ami de Romain Rolland, d'Émile Verhaeren et de Sigmund Freud, il a exercé son talent dans tous les genres (traductions, poèmes, romans, pièces de théâtre) mais a surtout excellé dans l'art de la nouvelle (*La Confusion des sentiments, Vingt-quatre heures de la vie d'une femme*), l'essai et la biographie (*Marie-Antoinette, Fouché, Magellan*...). Désespéré par la montée du nazisme, il fuit l'Autriche en 1934, se réfugie en Angleterre puis aux États-Unis. En 1942, il se suicide avec sa femme à Petropolis, au Brésil.

Paru dans Le Livre de Poche :

Amerigo
Amok
Amok / Lettre d'une inconnue
L'Amour d'Erika Ewald
Balzac, le roman de sa vie
Le Brésil, terre d'avenir
Brûlant secret
Clarissa
Le Combat avec le démon
La Confusion des sentiments
Correspondance (1897-1919)
Correspondance (1920-1931)
Correspondance (1932-1942)
Destruction d'un cœur
Émile Verhaeren
Érasme
Essais *(La Pochothèque)*
Fouché
Les Grandes Biographies *(La Pochothèque)*
La Guérison par l'esprit
Hommes et destins
Ivresse de la métamorphose
Le Joueur d'échecs
Légende d'une vie
Lettre d'une inconnue / La Ruelle au clair de lune
Magellan
Marie-Antoinette
Marie Stuart
Le Monde d'hier
Pays, villes, paysages
La Peur
La Pitié dangereuse
Printemps au Prater / La Scarlatine
Les Prodiges de la vie
Romain Rolland
Romans et nouvelles *(La Pochothèque)*
Romans, nouvelles et théâtre *(La Pochothèque)*
Sigmund Freud
Les Très Riches Heures de l'humanité
Trois maîtres (Balzac, Dickens, Dostoïevski)
Trois poètes de leur vie
Un mariage à Lyon
Un soupçon légitime
Vingt-quatre heures de la vie d'une femme
Le Voyage dans le passé
Voyages
Wondrak

STEFAN ZWEIG

Conscience contre violence

ou

Castellion contre Calvin

TRADUIT DE L'ALLEMAND PAR ALZIR HELLA

LE LIVRE DE POCHE

Titre original :

EIN GEWISSEN GEGEN DIE GEWALT
CASTELLIO GEGEN CALVIN

Correcteur d'imprimerie, syndicaliste et anarchiste, Alzir Hella (1881-1953) fut à la fois le traducteur, l'agent littéraire et un ami très proche de Stefan Zweig, qu'il contribua à faire connaître en France. Comme l'a écrit Dominique Bona, « Alzir Hella accomplira au service de l'œuvre de Zweig un travail considérable pendant de longues années, et lui amènera un de ses publics les plus enthousiastes ». Alzir Hella traduisit également d'autres auteurs de langue allemande, notamment *À l'ouest rien de nouveau* d'Erich Maria Remarque.

ISBN : 978-2-253-15371-9 — 1re publication LGF

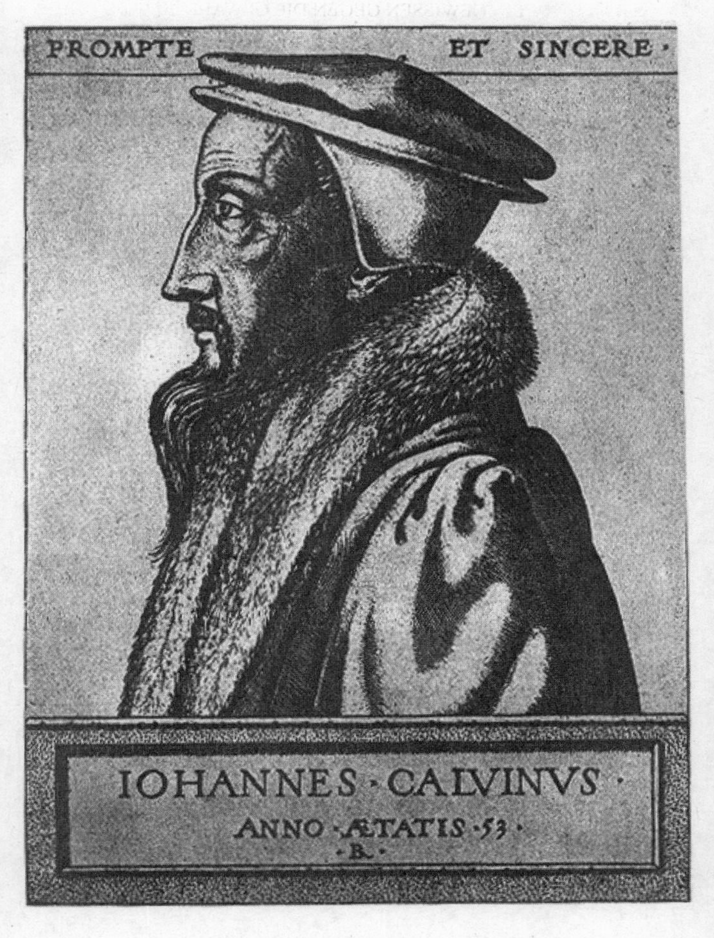

Jean Calvin (1509-1564)

La postérité ne pourra pas comprendre que nous ayons dû retomber dans de pareilles ténèbres après avoir connu la lumière.

Sébastien CASTELLION,
De arte dubitandi, 1562.

Introduction

Celui qui tombe obstiné en son courage, qui, pour quelque danger de la mort voisine, ne relâche aucun point de son assurance, qui regarde encore, en rendant l'âme, son ennemi d'une vue ferme et dédaigneuse, il est battu, non pas de nous, mais de la fortune ; il est tué, non pas vaincu : les plus vaillants sont parfois les plus infortunés. Aussi y a-t-il des pertes triomphantes à l'envi des victoires…

MONTAIGNE

« Le moucheron contre l'éléphant. » Ces mots de Sébastien Castellion que l'on trouve écrits de sa propre main dans l'exemplaire bâlois de son pamphlet contre Calvin surprennent tout d'abord et l'on est bien près de n'y voir qu'une de ces exagérations dont les humanistes étaient coutumiers. Cependant dans l'esprit de Castellion il n'y avait là ni hyperbole ni même ironie. Par cette comparaison tranchante le vaillant lutteur ne voulait que montrer à son ami Amerbach qu'il savait très bien quel adversaire formidable il affrontait en accusant publiquement Calvin d'avoir, par fanatisme, tué un homme et par là la liberté de conscience au sein de la Réforme. Dès l'instant que Castellion s'empare de sa plume comme d'une lance pour engager ce combat périlleux, il n'ignore pas l'impuissance à laquelle est vouée une attaque purement intellectuelle contre une dictature cuirassée et armée de pied en cap ; il est fixé sur la vanité de son entreprise. Comment un individu isolé et désarmé aurait-il pu vaincre un Calvin qui s'appuyait sur des milliers et des dizaines de milliers d'hommes, sans parler du formidable appareil de l'État ? Grâce à une organisation extraordinaire, Calvin avait réussi à transformer une ville entière, un État, ne comptant que des citoyens libres, en une vaste et docile machinerie, à supprimer toute liberté de pensée, toute indépendance, au profit de sa seule doctrine. Rien à Genève n'échappe à son pouvoir : le Conseil et le Consistoire, l'Université et les tribunaux, les finances et la morale, les prêtres, les écoles, les sergents, les prisons, le mot imprimé et la parole, tout est sous son contrôle, dépend moralement de lui. La doctrine calviniste est devenue la loi, et celui qui ose élever contre elle la moindre objection, le cachot, l'exil ou le bûcher, ces arguments définitifs de toute dictature, lui ont bientôt enseigné qu'à Genève une seule vérité est tolérée, dont Calvin est le prophète. Mais la force inquiétante de cet homme inquiétant déborde de beaucoup les murs de la ville ; les États fédérés suisses voient en lui le plus important des alliés politiques, le protestantisme mondial considère ce théologue incomparable, ce grand législateur comme son chef spirituel, les princes et les rois se disputent la faveur de cet homme qui a réussi à édifier, à côté de l'Église romaine, la plus puissante organisation chrétienne d'Europe. Aucun événement politique sérieux ne se passe sans qu'il en soit informé et il ne s'en accomplit pour ainsi dire pas contre sa volonté. Déjà il est devenu presque aussi dangereux d'attaquer le prédicateur de la cathédrale Saint-Pierre que l'empereur ou le pape eux-mêmes.

Et qui est son adversaire, ce Sébastien Castellion, cet idéaliste qui, au nom de la liberté de pensée, dénonce sa tyrannie et toute tyrannie intellectuelle ? Vraiment, comparé à la puissance fantastique de Calvin, c'est bien un moucheron dressé contre un éléphant ! Un individu inexistant, un zéro, du point de vue politique et, par-dessus le marché, un gueux, un pauvre diable de savant, qui nourrit péniblement sa famille en faisant des traductions et en donnant des leçons, un réfugié sans droit de cité et à plus forte raison sans droits civiques, un émigré : toujours aux époques de fanatisme l'homme resté humain est complètement seul et impuissant au milieu des zélotes en lutte les uns contre les autres. Pendant des années, frôlant la persécution et la misère, ce grand et modeste humaniste mène une existence pauvre, étroite, mais indépendante, parce que libre de toute attache à un parti ou à une secte quelconque. Ce n'est que lorsque sa conscience se révolte devant le bûcher de Servet qu'il quitte son travail pacifique et se lève pour accuser Calvin au nom de la liberté outragée. Mais son isolement loin de cesser grandit alors jusqu'à l'héroïsme. Car Castellion n'a pas derrière lui et autour de lui pour l'appuyer et le défendre, comme son adversaire, d'ailleurs plus habitué à la lutte, des partisans solidement organisés ; aucun parti, ni le catholique ni le protestant, ne le soutient, aucun prince, roi ou empereur n'étend au-dessus de sa tête, comme autrefois au-dessus de celle de Luther et d'Érasme, sa main protectrice, et même les quelques amis qui l'admirent n'osent l'encourager qu'en secret. On n'ignore pas à quel point il est dangereux de se placer ouvertement aux côtés d'un homme qui – alors que la folie du temps veut que dans tous les pays les hérétiques soient traqués comme du gibier et torturés – élève la voix avec courage en faveur de ces déshérités et opprimés et, par-delà le cas de Servet, conteste une fois pour toutes aux puissants de la terre le droit de poursuivre quelqu'un pour ses idées ; un homme qui, dans un de ces moments terribles d'obscurcissement des esprits tels que les peuples en connaissent de temps en temps, ose conserver un regard clair et humain et appeler tous ces massacres pieux, accomplis soi-disant pour l'honneur de Dieu, par leur vrai nom : assassinats, assassinats, et encore une fois assassinats ; qui, provoqué dans le sentiment le plus profond de son humanité, ne peut plus se taire et clame au ciel son désespoir devant toutes ces cruautés ! Celui qui se dresse contre les maîtres du jour doit toujours s'attendre à n'avoir que très peu de partisans, étant donné l'immortelle lâcheté des hommes : c'est ainsi que Sébastien Castellion n'eut, à l'heure décisive, personne derrière lui que son ombre et pour unique appui que le bien inaliénable de l'écrivain en lutte pour une cause sacrée : une conscience indomptable dans une âme intrépide.

Le fait que Sébastien Castellion se rendit compte dès le début que sa lutte était vouée d'avance à l'insuccès et l'entreprit néanmoins suffit pour faire à jamais un héros de ce « soldat inconnu » de la grande guerre de libération du genre humain. Rien que par le courage que revêt cette protestation passionnée d'un seul au milieu de tous contre la terreur d'alors, le combat engagé par Castellion contre Calvin devait rester mémorable. Cependant le problème que posait cette dispute déborde de beaucoup son cadre momentané. Il ne s'agit pas ici d'une question théologique étroite, d'un certain Servet, et même pas de la crise décisive qui met aux prises le protestantisme libéral et le protestantisme orthodoxe, mais d'une cause qui nous intéresse tous, d'une lutte qui, quoique sous un autre nom et sous des formes différentes, n'a jamais cessé d'exister *(nostra res agitur).* La théologie n'est ici rien d'autre qu'un masque temporaire et fortuit, et Castellion et Calvin eux-mêmes n'apparaissent que comme les représentants visibles d'un antagonisme invisible en même temps qu'insurmontable. Quelle que soit la façon dont on veuille appeler les pôles de ce conflit permanent, tolérance contre intolérance, liberté contre tutelle, humanité contre fanatisme, individualité contre mécanisation, conscience contre force, tous ces mots ne font qu'exprimer les deux termes d'un problème qui se pose pour chacun de nous : faut-il se prononcer pour l'humain ou le politique, pour l'*ethos* ou le *logos*, pour la personnalité ou la communauté ?

Cet antagonisme entre la liberté et l'autorité, toutes les époques, tous les peuples, tous les penseurs l'ont connu. Car la liberté est impossible sans une certaine autorité, sous peine de dégénérer en chaos, pas plus que l'autorité n'est possible sans liberté à moins de devenir tyrannie. Il est incontestable qu'il existe au fond de la nature humaine une aspiration mystérieuse à la fusion dans la communauté. Éternellement persiste en nous la vieille illusion qu'on peut trouver un système religieux, national ou social qui, équitable pour chacun, dispenserait à jamais à l'humanité l'ordre et la paix. Le grand inquisiteur du roman de Dostoïevski ne nous a-t-il pas montré avec une logique cruelle que la majorité des hommes redoutent en fait leur propre liberté ? Et il est bien vrai que, par lassitude devant l'effroyable multiplicité des problèmes, la complexité et les difficultés de la vie, la grande masse des hommes aspirent à une mécanisation du monde, à un ordre définitif, valable une fois pour toutes, qui leur éviterait tout travail de la pensée. C'est cette aspiration messianique vers un état de choses où disparaîtraient les problèmes brûlants de l'existence qui constitue le véritable ferment qui prépare la voie à tous les prophètes sociaux et religieux. Toujours, quand les idéaux d'une génération ont perdu leurs couleurs, leur feu, il suffit qu'un homme doué d'une certaine puissance de suggestion se lève et déclare péremptoirement qu'il a trouvé ou inventé la formule grâce à laquelle le monde pourra se sauver pour que des milliers et des milliers d'hommes lui apportent immédiatement leur confiance ; et il est de règle constante qu'une idéologie nouvelle – c'est sans doute en cela que réside son sens métaphysique – crée tout d'abord un idéalisme nouveau. Car celui qui apporte aux hommes une nouvelle illusion d'unité et de pureté commence par tirer d'eux les forces les plus sacrées : l'enthousiasme, l'esprit de sacrifice. Des millions d'individus sont prêts, comme par enchantement, à se laisser prendre, féconder, et même violenter, et plus ce rédempteur exige d'eux, plus ils sont prêts à lui accorder. Ce qui, hier encore, avait été leur bonheur suprême, la liberté, ils l'abandonnent par amour pour lui, pour se laisser conduire passivement ; le *ruere in servitium* de Tacite se vérifie une fois de plus : une véritable ivresse de solidarité les fait se précipiter dans la servitude et on les voit même vanter les verges avec lesquelles on les flagelle.

Il y a quelque chose d'exaltant malgré tout dans cette constatation que c'est toujours une idée, cette force la plus immatérielle qui soit sur terre, qui arrive à réaliser de tels miracles de suggestion, et l'on serait facilement amené à admirer et à glorifier ces grands séducteurs d'avoir réussi ainsi à transformer à l'aide de l'esprit la matière grossière. Malheureusement ces idéalistes et utopistes se démasquent presque toujours au lendemain de leur victoire comme les pires ennemis de l'intelligence. Car la puissance pousse à la toute-puissance, la victoire à l'abus de la victoire ; au lieu de se contenter d'avoir gagné à leur folie personnelle tant d'hommes prêts à vivre et même à mourir pour elle, ces conquistadors se laissent tous aller à la tentation de transformer la majorité en totalité et de vouloir aussi imposer leur dogme aux sans-parti. Ils n'ont pas assez de leurs courtisans, de leurs satellites, de leurs créatures, des éternels suiveurs de tout mouvement, ils voudraient encore que les hommes libres, les rares esprits indépendants se fissent leurs glorificateurs et leurs valets, et ils se mettent à dénoncer toute opinion divergente comme un crime d'État. Éternellement se vérifie cette malédiction de toutes les idéologies religieuses et politiques qu'elles dégénèrent en tyrannies dès qu'elles se transforment en dictatures. Mais dès qu'un homme ne se fie plus à la force immanente de sa vérité et fait appel à la violence brutale, il déclare la guerre à la liberté humaine. Quelle que soit l'idée dont il s'agisse, à partir du moment où elle recourt à la terreur pour uniformiser et réglementer d'autres convictions, elle n'est plus idéal mais brutalité. Même la plus pure vérité, quand on l'impose par la violence, devient un péché contre l'esprit.

Mais l'esprit est un élément mystérieux. Insaisissable et invisible comme l'air, il semble s'adapter docilement à toutes les formes et à toutes les formules. Et cela pousse sans cesse les natures despotiques à croire qu'on peut le comprimer, l'enfermer, le mettre en flacons. Pourtant toute pression provoque une contre-pression, et c'est précisément quand l'esprit est comprimé qu'il devient explosif : toute oppression mène tôt ou tard à la révolte. À la longue, et c'est là une éternelle consolation, l'indépendance morale de l'humanité reste indestructible. Jamais jusqu'ici on n'a réussi à imposer d'une façon dictatoriale à toute la terre une seule religion, une seule philosophie, une unique conception du monde, et jamais on n'y réussira, car l'esprit saura toujours résister à l'asservissement, toujours il refusera de penser selon des formes prescrites, de s'abaisser, de s'aplatir, de se rapetisser et de se mettre au pas. Quelle vanité, quelle simplicité, donc, de vouloir ramener la divine variété de l'existence à un dénominateur commun, de diviser l'humanité en bons et en mauvais, en croyants et en hérétiques, en citoyens obéissants et en ennemis de l'État, et ce sur la base d'un principe imposé uniquement par la violence ! Toujours il se trouvera des « conscientious objectors », des esprits indépendants pour se révolter contre une telle violation de la liberté humaine : si systématique que se soit montrée une tyrannie, si barbare qu'ait pu être une époque, cela n'a jamais empêché des individus résolus de se soustraire à l'oppression et de défendre la liberté de pensée contre les monomanes brutaux de leur seule et unique vérité.

Le XVIe siècle, qui ne fut pas moins troublé que le nôtre par ses idéologies brutales, a connu lui aussi des âmes libres et incorruptibles. Quand on lit les lettres des humanistes de cette époque, on sent toute la tristesse qu'ils éprouvaient devant un monde bouleversé par la violence, leur écœurement devant les proclamations stupides et charlatanesques des dogmatiques qui tous déclarent : « Ce que nous enseignons est vrai ; ce que nous n'enseignons pas est faux. » Quelle horreur inspirent à ces esprits éclairés les réformateurs inhumains qui se sont introduits brutalement dans leur monde et crient, l'écume aux lèvres, leurs orthodoxies violentes, quel dégoût ils ressentent devant ces Savonarole, ces Calvin et ces John Knox, qui veulent tuer la beauté sur terre et transformer le monde en une institution de morale. Avec une clairvoyance tragique les humanistes voient le fléau que ces ergoteurs furieux vont déchaîner sur l'Europe. Derrière leurs paroles emportées ils entendent déjà le cliquetis des armes et pressentent dans leur haineux déchaînement l'effroyable guerre qui vient. Mais quoique sachant la vérité, ils n'osent pas engager la lutte pour elle. Presque toujours il en est ainsi dans la vie : ceux qui savent ne sont pas ceux qui agissent et ceux qui agissent ne sont pas ceux qui savent. Dans leur solitude tragique, tous ces humanistes s'écrivent des lettres admirables et touchantes, se lamentent tristement, mais aucun n'ose affronter l'Antéchrist. De temps en temps Érasme lance de façon amusante quelques flèches de l'ombre où il se tient, Rabelais manie le fouet de la satire, le noble et sage Montaigne trouve dans ses *Essais* des mots éloquents, mais aucun ne tente d'intervenir sérieusement et d'empêcher une seule de ces infâmes persécutions et exécutions qui déshonorent l'humanité. À quoi bon, pensent ces hommes que leur expérience a rendus prudents, se disputer avec des fous furieux ? Dans des époques comme la nôtre, il est préférable de se tenir coi sous peine d'être soi-même une victime.

Seul de tous ces humanistes, un Français inconnu, Sébastien Castellion, engagea résolument et héroïquement la lutte, allant de lui-même au-devant de son destin. Avec héroïsme il ose élever la voix en faveur de ses compagnons poursuivis, risquant ainsi sa propre vie. Sans le moindre fanatisme, quoique menacé à chaque instant par les fanatiques, sans aucune passion, mais avec une fermeté inébranlable, il brandit telle une bannière sa profession de foi au-dessus de son époque enragée, il proclame que les idées ne s'imposent pas, qu'aucune puissance terrestre n'a le droit d'exercer une contrainte quelconque sur la conscience d'un homme. Et parce qu'il tient ce langage non pas au nom d'un parti mais au nom des lois impérissables de l'humanité, ses conceptions, ses paroles ont gardé toute leur valeur. Quand elles sont exprimées par un écrivain, les pensées humaines, même les plus générales, conservent leur force, les professions de foi humanitaires survivent aux professions de foi doctrinaires et agressives. Le courage sans exemple de cet homme devait rester exemplaire pour les générations futures. Car lorsque Castellion, en dépit de tous les théologiens du monde, appelle Servet, exécuté sur l'ordre de Calvin, une victime, quand il répond aux sophismes du même Calvin en lui jetant à la face ce mot immortel : « Brûler un homme, cela ne s'appelle pas défendre une doctrine, mais commettre un homicide », quand dans son manifeste de la tolérance il proclame une fois pour toutes (longtemps avant Locke, Hume et Voltaire, et d'une façon beaucoup plus sublime qu'eux) le droit à la liberté de pensée, cet homme risque sa vie pour ses convictions. Qu'on n'essaie pas de comparer la protestation de Castellion contre le meurtre judiciaire commis sur la personne de Michel Servet avec les protestations mille fois plus célèbres de Voltaire dans l'affaire Calas et de Zola dans l'affaire Dreyfus, car celles-ci furent loin d'atteindre à la hauteur morale de celle-là. Lorsque Voltaire engage la lutte en faveur de Calas, il vit dans un siècle déjà plus humain ; en outre, au-dessus de l'écrivain de réputation mondiale s'étend la protection des rois et des princes, de même qu'Émile Zola a derrière lui une espèce d'armée invisible, l'admiration de toute l'Europe et du monde entier. Tous deux risquent certes une partie de leur réputation et de leur tranquillité pour le sort d'un autre, mais non – différence essentielle – leur propre vie, comme Sébastien Castellion, qui, dans sa lutte pour l'humanité, a eu à souffrir de l'inhumanité furieuse et meurtrière de son siècle.

Castellion a payé pleinement et jusqu'aux dernières limites de ses forces le prix de son héroïsme. C'est un spectacle vraiment poignant que celui de cet adversaire de la violence, qui ne voulut jamais employer d'autre arme que celle de l'esprit, étranglé par la force brutale. On se rend compte une fois de plus combien vaine est la lutte engagée par un individu isolé, qui n'a pour lui que le droit contre une organisation solide. Quand une doctrine a réussi à s'emparer de l'appareil d'État et de tous ses moyens de pression, elle emploie sans hésiter la terreur : quelqu'un ose-t-il lui tenir tête, on lui coupe aussitôt la parole, et souvent même la gorge par-dessus le marché. Calvin n'a jamais répondu sérieusement à Castellion ; il a préféré le condamner au silence. On déchire, on interdit, on confisque, on brûle ses livres, on arrache contre lui, dans le canton voisin, par un chantage politique, une interdiction d'écrire, et à peine se trouve-t-il hors d'état de répondre que les satellites de Calvin commencent leur campagne de calomnies. Bientôt ce n'est plus une lutte, mais le massacre pitoyable d'un homme sans défense. Car si Castellion ne peut ni parler ni écrire, si ses livres ne peuvent sortir, Calvin dispose des presses, de la chaire, des synodes, de tout l'appareil d'État dont il use sans ménagement. On surveille les pas de Castellion, on épie ses paroles, on intercepte ses lettres. Quoi d'étonnant qu'une organisation aussi parfaite vienne finalement à bout d'un homme isolé ? Seule une mort prématurée sauve à temps Castellion de l'exil ou du bûcher. Mais la haine frénétique des dogmatiques triomphants ne s'arrête même pas devant son cadavre. Jusque dans la tombe ils le couvrent de boue, puis ils taisent son nom. Il faut que le souvenir du seul homme qui ait combattu la dictature totalitaire de son époque, et, d'une façon générale, le principe de toute dictature spirituelle, soit oublié à jamais.

Et un peu plus, ils eussent réussi tout ce qu'ils voulaient : non seulement leur oppression méthodique a arrêté l'action exercée sur son époque par ce grand humaniste, mais elle a même banni son souvenir dans la mémoire des hommes pendant des années et des années. Aujourd'hui encore, nombreux sont ceux, même parmi les hommes cultivés, qui n'ont jamais lu ou entendu le nom de Sébastien Castellion. Comment en eût-il été autrement, puisque durant des décennies une censure impitoyable empêche la publication de ses principales œuvres et qu'aucun imprimeur dans le voisinage de Genève n'ose les éditer ? Lorsqu'elles paraissent enfin, longtemps après la mort de l'auteur, il est trop tard pour sa gloire. Entre-temps, d'autres ont repris les idées de Castellion, et sous d'autres noms se poursuit la lutte qu'il a engagée et où il est tombé trop tôt et presque sans qu'on le remarque. C'est le sort de certains hommes de vivre et de mourir dans l'ombre. Ceux qui sont venus après lui ont récolté la gloire de Sébastien Castellion ; aujourd'hui encore, on trouve dans tous les manuels cette affirmation erronée que Hume et Locke ont été les premiers en Europe à prêcher la tolérance, comme si le *Traité des hérétiques* de Castellion n'avait jamais été écrit et imprimé. Son action héroïque, sa lutte pour Servet est oubliée, oubliée sa lutte contre Calvin, le combat du « moucheron contre l'éléphant », oubliés ses ouvrages ! Un portrait incomplet dans l'édition hollandaise de ses œuvres, quelques manuscrits dans les bibliothèques suisses et hollandaises, quelques mots de reconnaissance de ses élèves, c'est tout ce qui est resté de celui que ses contemporains ont été unanimes à célébrer non seulement comme l'un des hommes les plus savants mais aussi comme l'un des esprits les plus nobles de son siècle. Quelle dette de reconnaissance n'avons-nous pas contractée à son égard ! Quelle monstrueuse injustice n'avons-nous pas à réparer !

L'histoire n'a pas le temps d'être juste. Pour elle, seul compte le succès, et encore il est rare qu'elle l'apprécie selon une mesure morale. Elle ne s'intéresse qu'aux vainqueurs et laisse les vaincus dans l'ombre. Ces « soldats inconnus » sont enfouis sans commentaire dans la tombe du grand oubli : aucune croix, aucune couronne ne célèbre leur sacrifice oublié, parce que non couronné de succès. Mais en réalité, il n'est point d'action entreprise par pure conviction qui soit vaine, jamais un effort moral n'est complètement perdu. Même vaincus, les pionniers d'un idéal trop élevé pour leur époque ont rempli leur mission, car ce n'est qu'en se créant des témoins et en faisant des adeptes, qui vivent et meurent pour elle, qu'une idée devient vivante. Du point de vue spirituel, les mots « victoire » et « défaite » prennent un sens tout différent de celui qu'ils ont dans le langage courant ; aussi est-il nécessaire de rappeler sans cesse au monde, qui ne voit que les monuments des vainqueurs, que les véritables héros de l'humanité, ce ne sont pas ceux qui édifient leur empire éphémère sur des millions d'existences écrasées et de tombes, mais précisément ceux qui, désarmés, ont succombé devant la violence, tel Castellion dans sa lutte pour la liberté de l'esprit et le triomphe définitif des idées d'humanité.

L'arrivée de Calvin au pouvoir

Le dimanche 21 mai 1536, les bourgeois de Genève, convoqués solennellement au son des fanfares, se rassemblent sur la place publique et déclarent unanimement en levant la main, qu'à partir de ce jour ils veulent vivre « selon l'Évangile et la parole de Dieu ». C'est ainsi qu'au moyen du référendum, cette institution archidémocratique aujourd'hui encore en vigueur en Suisse, la religion réformée est introduite dans l'ancienne résidence épiscopale comme la seule religion valable et autorisée. Il a suffi de quelques années, non seulement pour faire reculer, mais aussi détruire et extirper complètement dans la ville du Rhône la vieille foi catholique. Menacés par le peuple, les derniers prêtres, chanoines, moines et nonnes ont pris la fuite, et toutes les églises sans exception ont été débarrassées des images et autres symboles de la « superstition ». Cette journée de fête scelle le triomphe définitif du protestantisme : désormais il a non seulement la suprématie à Genève, mais encore le pouvoir exclusif.

Cette victoire totale de la religion réformée est due essentiellement à l'activité d'un homme, d'un prêtre, le révolutionnaire et terroriste Farel. Nature fanatique, front étroit, mais de granit, caractère énergique et tranchant (« Je n'ai encore jamais rencontré un homme aussi arrogant et effronté », dit de lui le doux Érasme), ce « Luther welsche » exerce une véritable dictature sur les masses. Petit, laid, la barbe rousse et les cheveux embroussaillés, Farel, avec sa voix tonnante et la fureur démesurée de sa nature violente, possède l'art, du haut de la chaire, de précipiter le peuple dans un état d'excitation fiévreuse. Comme plus tard Danton, il sait ameuter les instincts cachés de la foule et les enflammer pour la lutte décisive. Cent fois avant la victoire il a risqué sa vie, les paysans ont voulu le lapider, il a été arrêté ou traqué par toutes les autorités ; mais avec l'énergie et la volonté intransigeantes d'un homme dominé par une seule idée, il a brisé toute résistance. Comme un démon, il fait irruption avec sa garde d'assaut dans les églises au moment où le prêtre célèbre la messe et monte d'autorité à la chaire pour prêcher, dans le vacarme déchaîné par ses partisans, contre les abominations de l'Antéchrist. Il soudoie des gosses de la rue, en fait des bandes qui pénètrent dans les églises pendant le service divin, et, par leurs rires, leur caquetage, leurs cris troublent le recueillement des fidèles. Enhardi par l'accroissement de plus en plus rapide du nombre de ses partisans, il mobilise ses gardes et leur donne l'ordre de forcer les portes des cloîtres, d'arracher les saintes images des murs et de

Guillaume Farel (1489-1565)

les brûler. Cette méthode de violence et de brutalité a du succès : comme toujours, une petite, mais active minorité, qui fait preuve d'audace et ne recule pas devant l'emploi de la terreur, réussit à intimider une indolente majorité. Certes les catholiques se plaignent de ces actes de violence répétés et assaillent le Conseil de leurs protestations, mais en même temps ils s'enferment résignés dans leurs demeures ; impuissant, l'évêque prend la fuite et abandonne la ville à la Réforme victorieuse.

Mais cette victoire obtenue, il apparaît que Farel n'était que le type du révolutionnaire destructeur, assurément capable, par son élan et son fanatisme, de renverser un régime périmé, mais non pas d'en édifier un nouveau. Il sait insulter, mais pas créer, détruire, mais pas construire ; il pouvait aller à l'assaut de l'Église romaine, exciter les masses à la haine contre les moines et les hommes, de son poing de rebelle briser les tables de pierre des anciennes lois, mais devant les ruines accumulées par lui, il s'avère tout à fait incapable de faire quoi que ce soit. Maintenant qu'à la place de la religion catholique il va falloir établir à Genève un nouveau dogme, Farel fait montre d'une impuissance complète. Esprit purement destructeur, il n'a su qu'abattre : révolutionnaire de la rue, il est incapable de construire. Son rôle est terminé ; pour édifier, il faut quelqu'un d'autre.

Farel n'est d'ailleurs pas le seul qui connut alors cet instant critique d'incertitude après une victoire rapide. En Allemagne également, et dans les autres cantons helvétiques, les chefs de la Réforme hésitent, désunis et incertains, devant la tâche à accomplir. Ce que voulaient au début Luther et Zwingli, ce n'était qu'assainir l'Église existante, ramener la religion, soumise à l'autorité du pape et des conciles, à l'enseignement oublié de l'Évangile. Faire la Réforme ne signifiait au début, pour eux, dans le sens textuel du mot, que *réformer*, par conséquent améliorer, purifier, transformer. Mais comme l'Église conservait son point de vue d'une façon rigide et ne se montrait nullement disposée à faire de concession, la nécessité s'imposa de plus en plus à eux, sans qu'ils l'eussent voulu, de procéder à la réforme de la religion, non plus dans l'Église mais en dehors d'elle. Et c'est lorsqu'il s'agit de passer de la phase destructive à la phase constructive que se divisèrent les esprits. Certes, rien n'eût été plus logique que l'union fraternelle sur la base d'une même foi et d'une même Église de tous les révolutionnaires religieux, des Luther, Zwingli et autres théologiens de la Réforme, mais quand a-t-on vu l'histoire obéir aux lois de la logique ? Au lieu d'une Église protestante mondiale, on voit alors se constituer partout des Églises isolées ; Wittenberg ne veut pas accepter l'enseignement de Zurich ni Genève les usages de Berne. Chaque ville veut avoir sa Réforme à elle. Déjà, dans cette crise, l'esprit nationaliste étroit des futurs États européens apparaît d'une façon prophétique dans le verre rétrécissant de l'esprit de canton. C'est ainsi que dans de mesquines chicanes, des disputes théologiques sans fin, Luther, Zwingli,

Melanchthon, Bucer et Carlstadt, qui ont sapé en commun l'édifice géant de l'Église catholique, gaspillent leurs meilleures forces ; c'est ainsi qu'à Genève Farel reste impuissant devant les ruines de l'ordre ancien, éternelle tragédie de l'homme qui a accompli la tâche qui lui a été fixée par l'histoire, mais n'est pas à la hauteur des suites qu'elle comporte.

*

C'est donc pour lui une heureuse nouvelle lorsqu'il apprend par hasard que Calvin, le célèbre Jehan Calvin, de passage en Savoie, s'est arrêté à Genève pour un jour. Aussitôt il court lui rendre visite dans son auberge pour lui demander conseil et le prier de l'aider dans son œuvre d'édification. Car quoique beaucoup moins âgé que Farel, ce jeune homme de vingt-sept ans est déjà considéré par tous comme une autorité. Fils d'un procureur fiscal et notaire apostolique, né à Noyon, élevé dans la discipline sévère du collège Montaigu (comme Érasme et Ignace de Loyola), destiné tout d'abord à la prêtrise, puis au métier d'avocat, Jehan Calvin (ou Chauvin) avait dû, à l'âge de vingt-quatre ans, se réfugier à Bâle pour s'être prononcé en faveur de la Réforme. Mais contrairement à la plupart de ceux qui, en perdant leur patrie, perdent aussi leur force intérieure, l'émigration avait été pour lui d'un grand profit. Précisément à Bâle, ce carrefour de l'Europe où se rencontrent et se heurtent les différentes formes du protestantisme, Calvin se rend compte, avec le regard génial du penseur qui voit loin, de la nécessité de l'heure. Déjà des tendances de plus en plus radicales se sont détachées du noyau de la doctrine évangélique : panthéistes et athées, rêveurs et zélotes commencent à déchristianiser et à surchristianiser le protestantisme, déjà s'achève à Münster, dans le sang et l'horreur, l'effroyable tragi-comédie des anabaptistes, déjà la Réforme menace de se diviser en un grand nombre de sectes à caractère national au lieu de s'élever au rang d'une puissance mondiale, comme son adversaire, l'Église romaine. Pour empêcher une telle division – Calvin s'en aperçoit avec une clairvoyance prophétique – il faut trouver à temps une synthèse, procéder à une cristallisation de la nouvelle doctrine dans un livre, un schéma, un programme, rédiger enfin un précis de la religion évangélique. C'est ainsi qu'avec la magnifique audace de la jeunesse ce jeune juriste et théologien marche résolument vers le but final pendant que les véritables chefs continuent à se quereller sur des questions de détail, et qu'il élabore en un an avec son *Institutio religionis Christianæ* (1535) le premier abrégé de la doctrine évangélique, le manuel et le guide, l'œuvre canonique du protestantisme.

Cette *Institutio* est l'un des quelques livres dont on peut dire sans exagération qu'ils ont déterminé le cours de l'histoire et transformé la face de l'Europe. Œuvre la plus importante de la Réforme depuis la traduction de la Bible par Luther, elle exerce dès la première heure, par sa logique impitoyable, son énergie constructive, une influence décisive sur les contemporains. Un mouvement intellectuel a toujours besoin d'un génie qui le commence et d'un autre qui le termine. Luther, l'inspirateur, a mis en branle la Réforme, Calvin, l'organisateur, l'a arrêtée avant qu'elle se brise en mille sectes. Dans un certain sens, l'*Institutio* met le point final à la révolution religieuse, comme le Code Napoléon à la Révolution française : l'une et l'autre tirent le bilan de ces deux mouvements en imprimant au flot ardent de leur début la forme de la loi et la stabilité. Par là, l'arbitraire est transformé en dogme, la liberté en dictature, l'excitation morale en une sévère règle intellectuelle. Certes, comme tout soulèvement quand il s'arrête, cette révolution religieuse perd, elle aussi, à sa dernière phase, une partie de son dynamisme primitif, mais au terme de ce développement une Église protestante unie s'oppose désormais à l'Église catholique.

Une des choses qui font la force de Calvin, c'est de n'avoir jamais adouci la rigidité de ses premières formules. Toutes les éditions ultérieures de son œuvre ne comportent qu'un élargissement, non une modification de ses premières thèses fondamentales. À l'âge de vingt-six ans, il a, comme Marx ou Schopenhauer, élaboré avant toute expérience sa conception du monde, et les années qui suivront ne serviront qu'à traduire dans la réalité ses idées sur l'organisation de l'Église. Il ne changera pas un mot essentiel à ses vues, et avant tout ne changera pas lui-même ; il ne fera point un pas en arrière ni un pas au-devant de qui que ce soit. Un tel homme, on ne peut que le briser ou se briser contre lui. Tout sentiment moyen pour lui ou contre lui est vain. On n'a pas le choix : il faut ou le combattre ou se soumettre entièrement à lui.

*

C'est ce que sent Farel dès sa première rencontre avec Calvin. Et quoique son aîné de près de vingt ans, à partir de cette minute il se soumet à lui sans réserve. Il le reconnaît comme son chef, son maître, se fait son serviteur, son esclave dévoué. Jamais, au cours des trente années qui suivront, il ne se prononcera contre Calvin. Dans chaque affaire, dans chaque lutte, il prendra son parti, accourra au premier signe que lui fera son maître de n'importe où pour combattre pour lui et sous sa direction. Farel est le premier qui offre le modèle de cette obéissance absolue qui pour Calvin, le fanatique de la subordination, est le devoir primordial de chaque homme. Il n'a exigé de son maître qu'une chose tout de suite : c'est qu'il prît, lui seul en étant digne, la direction spirituelle de Genève, qu'il entreprît, avec sa force supérieure, l'œuvre réformatrice que lui se sentait trop faible pour mener à bien.

Calvin a raconté plus tard comment il s'était longtemps et vivement refusé à répondre à cet appel saisissant. C'est toujours, pour un intellectuel, une décision très grave d'abandonner le domaine de la pensée pour s'engager dans celui, beaucoup moins pur, de la politique. Il hésite, il oscille, il fait valoir son extrême jeunesse, son inexpérience, il prie Farel de le laisser plutôt dans sa sphère intellectuelle propre. Finalement Farel s'impatiente devant l'entêtement avec lequel Calvin essaie de se soustraire à son appel, et avec la violence d'un prophète de la Bible, il s'écrie : « Tu prétextes tes études. Mais au nom du Dieu tout-puissant je t'annonce que la malédiction de Dieu te frappera si tu refuses ton aide à l'œuvre du Seigneur et penses davantage à toi qu'au Christ. »

Ce sont ces dernières paroles qui décident Calvin et déterminent le cours de toute son existence ultérieure. Il se déclare prêt à créer à Genève l'ordre nouveau : ce qu'il a pensé jusqu'ici et tracé en paroles doit devenir maintenant réalité, l'idée doit faire place aux actes. Ce n'est plus à un livre, mais à une ville, à un État qu'il va essayer d'imprimer la forme de sa volonté.

*

Ce sont toujours les contemporains d'une époque donnée qui connaissent le moins cette époque. Les événements les plus importants se déroulent sous leurs yeux sans éveiller leur attention et presque jamais les heures vraiment décisives ne trouvent dans leurs chroniques la considération qui conviendrait. C'est ainsi que le procès-verbal du Conseil de Genève du 5 novembre 1536, qui mentionne la proposition faite par Farel d'accorder à Calvin le poste de « lecteur de la Sainte Escripture », ne prend même pas la peine de dire le nom de l'homme qui va donner à la ville de Genève une gloire incommensurable devant le monde entier. Le greffier du Conseil se contente de mentionner le fait que Farel a proposé que « iste Gallus », ce Français, poursuive à Genève son activité de pasteur. C'est tout. À quoi bon inscrire dans les actes le nom de Calvin ? C'est une décision sans importance que d'autoriser l'octroi d'un petit traitement à ce pauvre prédicateur étranger. Car le Conseil pense qu'il n'a fait, somme toute, qu'engager un employé subalterne, qui remplira sa fonction d'une façon aussi modeste et aussi exemplaire qu'un maître d'école, un caissier ou un bourreau.

Assurément, les braves conseillers ne sont pas des savants, ils ne lisent pas à leurs heures de loisir d'ouvrage théologique, et il est certain qu'aucun d'eux jusqu'ici n'a seulement feuilleté l'*Institutio religionis Christianæ*. S'ils l'avaient fait, ils auraient eu lieu d'être effrayés, devant les prétentions de « iste Gallus ». N'y lisait-on pas, noir sur blanc :

« Voici donc clairement déterminé le pouvoir dont doivent être investis les pasteurs de l'Église : il faut qu'ordonnés ministres et dispensateurs de la Parole de Dieu, ils osent tout, qu'ils forcent toutes les grandeurs et les gloires de ce monde à s'incliner devant la majesté de Dieu et à lui obéir, qu'ils commandent à tous, depuis le plus élevé jusqu'au plus humble, qu'ils construisent la maison de Dieu, qu'ils renversent le règne de Satan, qu'ils épargnent les brebis, qu'ils exterminent les loups *(lupos interficiant)*, qu'ils exhortent et instruisent les dociles, qu'ils accusent et confondent les rebelles et les opiniâtres, qu'ils lient, qu'ils délient, qu'ils foudroient et fulminent *(fulgurent et fulminent)*, mais le tout selon la parole de Dieu *(in verbo Dei)*. »

Ces paroles de Calvin : « Les pasteurs doivent commander à tous depuis le plus élevé jusqu'au plus humble », les membres du Conseil de Genève n'en avaient sûrement pas connaissance sinon ils ne se seraient jamais livrés aux mains d'un pareil ambitieux. Ignorant que cet émigré français était résolu dès le début à devenir le maître absolu de la ville et de l'État, ils lui confient donc un emploi. Mais à dater de ce jour leur propre pouvoir est terminé, car grâce à son énergie indomptable Calvin arrachera tout à lui, il réalisera impitoyablement sa revendication du pouvoir absolu et transformera par là une république démocratique en une dictature théocratique.

*

Déjà les premières mesures prises par Calvin témoignent de la hardiesse de son coup d'œil et de la volonté avec laquelle il tend vers son but. « Lorsque j'arrivai pour la première fois dans cette Église, écrira-t-il plus tard, il n'y avait pour ainsi dire rien. On prêchait, et c'était tout. On se contentait de ramasser les images saintes et de les brûler. Mais il n'y avait encore aucune Réforme, tout était en désordre. » Or Calvin est par essence un esprit d'ordre :

tout ce qui est désordre répugne à sa nature exacte et méthodique. Quand on veut élever des hommes dans une nouvelle foi, il faut tout d'abord leur enseigner ce qu'ils doivent croire. Il faut qu'ils puissent distinguer nettement ce qui est permis et ce qui ne l'est pas ; un royaume spirituel, comme un royaume terrestre, a besoin de frontières bien démarquées et de lois. C'est ainsi qu'au bout de trois mois Calvin soumet au Conseil un catéchisme complet, qui contient, en vingt et un articles clairs autant que succincts, les bases de la nouvelle doctrine. Ce catéchisme – en quelque sorte le décalogue de la nouvelle Église – est accepté en principe.

Mais Calvin ne se contente pas d'une simple acceptation de principe, il exige une « obéissance absolue ». Il ne lui suffit pas que la doctrine soit formulée, laissant à chacun la liberté de s'y conformer ou non. Il n'admet aucune liberté, pas plus dans les choses de la religion que dans celles de la vie ordinaire. Selon sa conception, l'Église a non seulement le droit, mais aussi le devoir d'imposer une obéissance totale à tous les hommes, et même de punir sans ménagement la simple tiédeur. « Quoi que puissent penser les autres, dit-il, je ne suis pas d'avis que notre fonction ait des limites si étroites que nous ayons le droit, une fois notre sermon terminé, de nous croiser tranquillement les bras, comme si nous avions accompli par là tout notre devoir. » Aussi son catéchisme ne doit-il pas être un simple guide de la foi, mais une loi ; il exige du Conseil que les bourgeois de la ville soient contraints officiellement de l'approuver en public et individuellement. Dix par dix, ils devront, conduits par les « anciens », tels des enfants, se rendre à la cathédrale et prêter, en levant la main droite, le serment qui leur sera lu par le secrétaire d'État. Quiconque s'y refusera devra quitter immédiatement la ville. Cela signifie clairement et une fois pour toutes qu'aucun bourgeois ne pourra plus vivre désormais à Genève, si dans les choses spirituelles il s'écarte – ne fût-ce que de l'épaisseur d'un cheveu – des conceptions de Jehan Calvin. C'en est fini de la « liberté du chrétien » réclamée par Luther, de la conception de la religion en tant qu'affaire de conscience individuelle, le *logos* l'a emporté sur l'*ethos*, la lettre sur l'esprit de la Réforme. Toute espèce de liberté a cessé depuis que Calvin a pénétré dans la ville. Une seule volonté règne désormais sur tous.

*

Aucune dictature ne peut durer ni même se concevoir sans violence. Qui veut garder le pouvoir doit avoir en main des moyens de contrainte. Qui veut commander doit pouvoir punir. Or le décret par lequel Calvin a été installé dans son poste ne lui accorde pas le moindre droit d'expulser qui que ce soit pour des délits d'ordre religieux. Les conseillers ont engagé un « lecteur de la Sainte Escripture » pour qu'il explique l'Évangile aux croyants, un pasteur pour qu'il prêche et exhorte la communauté à la vraie foi. Le droit de punir les infractions aux lois et à la morale commises par les bourgeois restait, pensaient-ils, réservé exclusivement à leur propre juridiction. Ni Luther ni Zwingli, ni aucun des autres réformateurs n'avaient jusqu'ici essayé de contester aux autorités laïques ce droit et ce pouvoir. Calvin, nature autoritaire et volonté de fer, met aussitôt tout en œuvre pour rabaisser le Conseil au niveau d'un pur organe d'exécution de ses ordres. Et comme il ne dispose pour cela d'aucun moyen de contrainte légal, il se le crée lui-même au moyen de l'excommunication, transformant ainsi, par un trait génial, le mystère religieux de la communion en un moyen personnel de pression. Il n'admettra désormais au « repas du Seigneur » que ceux dont la conduite morale, à son avis, ne laisse rien à désirer. Les autres, ceux à qui aura été refusée la communion – et ici se manifeste toute la puissance de cette arme –, cesseront d'exister civilement. Personne ne devra plus leur adresser la parole, personne ne devra plus ni leur acheter ni leur vendre quoi que ce soit. Par là, une mesure en apparence d'ordre purement religieux se transforme en un système de boycottage social et économique. Si, malgré cela, l'excommunié refuse de capituler et de faire la pénitence publique prescrite par le pasteur, il sera chassé de la ville. C'est ainsi qu'aucun adversaire de sa réforme, serait-ce même le bourgeois le plus honorable, ne peut plus à la longue vivre à Genève. Tous ceux qui se prononcent en faveur de la liberté de conscience sont dès maintenant menacés dans leur existence civile.

Avec cette foudre en main, Calvin peut écraser n'importe quelle résistance. À grand-peine, le Conseil obtient que la cérémonie de la communion ait lieu seulement tous les trimestres et non tous les mois ainsi que le demandait Calvin. Mais celui-ci ne se laissera jamais arracher l'arme redoutable qu'il s'est forgée, car ce n'est qu'avec elle qu'il peut entreprendre sa lutte véritable, celle qui doit le mener à la conquête totale du pouvoir.

*

Il faut toujours un certain temps avant qu'un peuple remarque que les avantages momentanés d'une dictature, que sa discipline plus stricte et sa vigueur renforcée sont payés par le sacrifice des droits de l'individu et que, inévitablement, chaque nouvelle loi coûte une vieille liberté. À Genève aussi cette compréhension ne s'éveille que peu à peu. C'est en toute sincérité que les bourgeois ont donné leur approbation à la Réforme, c'est volontairement qu'ils se sont rassemblés sur la place du Marché pour adopter, en toute indépendance, la main levée, la religion nouvelle. Cependant, leur fierté républicaine se révolte quand on prétend les pousser dix par dix, à travers la ville, sous la surveillance d'un sergent, tels des galériens, pour leur faire jurer, à la cathédrale, obéissance à chaque article du nouveau prédicant. S'ils se sont prononcés en faveur d'une réforme des mœurs, ce n'est pas pour être menacés chaque jour de bannissement par ce jeune pasteur, rien que pour avoir chanté en buvant un verre de vin ou porté des habits de couleurs trop voyantes ou trop somptueux aux yeux de monsieur Calvin. D'ailleurs, qui sont ces gens qui se conduisent d'une façon si autoritaire ? commence à se demander le peuple. Sont-ce des bourgeois de Genève, des gens installés depuis longtemps dans la ville et qui ont contribué à sa grandeur et à sa prospérité, des patriotes éprouvés, liés et apparentés aux meilleures familles ? Non, ce sont de nouveaux venus, des émigrés arrivés récemment de France à qui on a donné asile, que l'on a accueillis d'une façon on ne peut plus hospitalière en leur fournissant même des postes importants. Et voilà que l'un d'eux, ce réfugié, a l'audace de vouloir décider qui doit rester à Genève et qui doit en partir !

Au début d'une dictature, tant que les hommes libres ne sont pas encore traqués ou bâillonnés, la résistance a toujours un certain poids. Les républicains de Genève déclarent donc publiquement qu'ils n'accepteront pas de se laisser traiter « comme s'ils étaient des voleurs de grand chemin ». Des rues entières refusent de prêter le serment exigé, les gens disent à haute voix qu'ils ne sont disposés ni à prêter serment ni à quitter leur patrie sur l'ordre de ce vagabond de Français venu échouer chez eux. Calvin réussit bien à obliger le « Petit Conseil », qui lui est tout dévoué, à prononcer l'expulsion des réfractaires, mais on n'ose pas mettre à exécution cette mesure impopulaire, le résultat des dernières élections ayant clairement montré que la majorité de la ville est décidée à ne pas s'incliner devant l'arbitraire de cet étranger. Au nouveau Conseil de février 1538, les partisans de Calvin sont en minorité : la démocratie de Genève a su se défendre contre les prétentions du dictateur.

*

Calvin était allé trop fort. Les idéologues politiques ont tendance à sous-estimer la force d'inertie de la matière humaine, ils pensent que des transformations profondes peuvent être réalisées dans la vie aussi rapidement que dans leur pensée. À présent, la sagesse devrait lui commander, tant qu'il n'aura pas regagné la confiance des autorités laïques, d'agir avec plus de circonspection, car son affaire n'est pas mauvaise. Le nouveau Conseil manifeste à son égard de la prudence, mais aucune hostilité. Ses pires adversaires eux-mêmes reconnaissent qu'à la base de son fanatisme il y a un désir sincère et profond de purification morale, que ce qui le pousse à agir si brutalement, ce n'est pas une ambition mesquine, mais une grande idée. Quant à son compagnon de lutte Farel, il est toujours le dieu de la jeunesse et du peuple de la rue. La tension pourrait donc s'atténuer facilement si Calvin faisait preuve d'un peu de sagesse diplomatique et adaptait ses prétentions par trop radicales aux conceptions plus mesurées des bourgeois de la ville.

Mais ici, on se heurte à la nature granitique de l'homme, à sa rigidité de fer. Toute sa vie, rien n'a été plus étranger à cette âme violente et passionnée que l'esprit de conciliation. Calvin ne connaît qu'une seule vérité : la sienne. Pour lui, c'est tout ou rien, l'autorité complète ou la renonciation totale. Jamais il ne conclura de compromis, car avoir raison est pour lui une nécessité vitale, au point qu'il ne peut comprendre ni concevoir qu'un adversaire puisse n'avoir pas tort. Il déclare textuellement, avec l'accent de la plus sincère conviction : « Ce que j'enseigne, je le tiens de Dieu ; ma conscience me le confirme. » Avec une assurance immuable, il affirme que ce qu'il dit est la vérité absolue : « Dieu m'a fait la grâce de déclarer ce qui est bon et mauvais. » Ce véritable possédé de lui-même entre dans une violente colère chaque fois qu'un autre ose exprimer une opinion différente de la sienne. La moindre contradiction provoque chez lui une sorte d'ébranlement nerveux, une secousse physique, son estomac se contracte et rejette de la bile ; l'adversaire a beau présenter ses arguments de la façon la plus sérieuse et la plus objective, le simple fait qu'il a osé penser autrement que lui, Calvin, en fait aux yeux du dictateur un ennemi mortel, bien plus, un ennemi de Dieu. Des serpents, qui sifflent contre lui, des chiens, qui aboient à ses talons, des monstres, des coquins, des suppôts de Satan, c'est ainsi que cet homme, qui dans la vie privée fait preuve d'une mesure exagérée, appelle les plus célèbres humanistes et théologiens de son temps. Le contredire, même d'une façon purement académique, c'est offenser l'« honneur de Dieu » dans la personne de son serviteur ; lui reprocher son désir de domination, c'est « menacer l'Église du Christ ». Toute sa vie, cet homme n'a pas douté un seul instant qu'il avait seul qualité pour interpréter la parole de Dieu et qu'il était le seul à connaître la vérité. Mais c'est précisément grâce à cette assurance absolue, à cette monomanie grandiose, que Calvin a réussi. Cette fermeté inébranlable, cette rigidité de fer, vraiment inhumaine, est le secret de sa victoire. Car c'est cette croyance absolue en soi, cette conviction de l'importance de sa mission, qui fait d'un homme un chef. Ce n'est jamais aux justes que les hommes, sur qui la suggestion a une si grande force, se soumettent, mais aux grands monomanes, qui n'ont pas peur de proclamer leur vérité comme la seule possible, leur volonté comme la formule fondamentale de la loi du monde.

On comprend par conséquent que Calvin ne soit pas du tout impressionné par le fait que la majorité du nouveau Conseil est contre lui et le prie poliment de bien vouloir, dans l'intérêt de la paix, cesser ses menaces, ses excommunications et se conformer à l'attitude, plus indulgente, du synode de Berne. Un homme comme Calvin n'accepte pas de paix raisonnable, s'il doit céder ne fût-ce que sur une virgule. Sa nature autoritaire n'admet aucune concession, et puisque le Conseil le contredit, il n'hésite pas un seul instant, lui qui exige de tout le monde une obéissance absolue aux autorités, à se révolter contre elles. Du haut de la chaire, il injurie ouvertement le Petit Conseil et proclame qu'« il préfère mourir que de jeter aux chiens le corps sacré du Seigneur ». Un autre pasteur appelle le Conseil une « assemblée d'ivrognes ». Tel un roc inébranlable, la troupe des partisans de Calvin se dresse devant les autorités.

Bien entendu, le Conseil ne peut tolérer une telle rébellion de la part des pasteurs. Il leur rappelle tout d'abord, d'une façon catégorique, qu'ils ne doivent pas utiliser la chaire dans des buts politiques et qu'il faut qu'ils se contentent d'y expliquer la parole de Dieu. Comme Calvin et les siens ne tiennent aucun compte de cet ordre, il ne reste plus qu'à leur interdire l'accès de la chaire. Le plus violent d'entre eux, Courtauld, est même arrêté pour provocation ouverte à la révolte. Du coup, la guerre est déclarée entre le pouvoir religieux et le pouvoir civil. Cette guerre, Calvin l'accepte résolument. Accompagné de ses partisans, il fait irruption dans la cathédrale Saint-Pierre, monte, arrogant, en chaire, en dépit de l'interdiction qui lui en a été faite, et comme partisans et adversaires se ruent en armes dans l'église, les uns pour imposer le sermon interdit, les autres pour l'empêcher, un effroyable tumulte s'ensuit. Il s'en faut de peu que le sang coule. Cette fois la patience du Petit Conseil est à bout. Il convoque le Conseil des Deux Cents, le tribunal suprême de la ville, et demande s'il faut destituer Calvin et les pasteurs qui se sont révoltés contre les autorités. À une énorme majorité, l'assemblée répond affirmativement. Les rebelles sont révoqués et reçoivent l'ordre de quitter la ville dans les trois jours. La peine de l'exil dont

Calvin, au cours des dix-huit derniers mois, a menacé un si grand nombre de bourgeois, c'est lui maintenant qui en est frappé.

*

Le premier assaut de Calvin contre Genève a échoué. Mais une défaite de ce genre ne signifie rien de grave dans la vie d'un dictateur. Il est presque indispensable à la victoire définitive d'un maître absolu qu'il ait subi un échec dramatique au début de sa carrière. L'exil, la prison, le bannissement, ne sont jamais des obstacles pour les grands révolutionnaires, ils ne font au contraire qu'accroître leur popularité. Pour pouvoir être déifié par la foule, il faut avoir été un martyr, et seules les persécutions infligées par un système haï créent à un tribun les conditions morales nécessaires à sa victoire future, parce que chaque épreuve nouvelle accroît son prestige dans les masses. Rien n'est plus nécessaire à un grand politicien que de passer de temps en temps à l'arrière-plan, car ce sont précisément ses disparitions qui en font un personnage de légende. La renommée entoure son nom d'une auréole de gloire, et quand il réapparaît, il retrouve des partisans dont l'enthousiasme à son égard a centuplé pendant son absence. C'est à l'exil que presque tous les héros populaires de l'histoire doivent la puissance d'attraction qu'ils ont exercée sur leurs contemporains : l'exil de César en Gaule, de Napoléon en Égypte, de Garibaldi en Amérique du Sud, de Lénine en

Sibérie, leur a donné une force qu'ils n'eussent pu espérer s'ils n'avaient jamais quitté leur pays. Il en fut de même pour Calvin.

À vrai dire, au moment de son expulsion de Genève, Calvin semble un homme fini. Son organisation est détruite, son œuvre complètement ruinée, de toute son action il ne reste que le souvenir d'une volonté fanatique d'ordre et quelques dizaines d'amis sûrs. Mais comme il arrive toujours aux hommes politiques, qui, au lieu de pactiser, préfèrent se retirer aux moments dangereux, il bénéficie des erreurs de ses successeurs et adversaires. À grand-peine, le Conseil a réussi à trouver, pour remplacer les personnalités imposantes de Calvin et de Farel, quelques pasteurs dociles, qui, de crainte de déplaire au peuple par des mesures sévères, préfèrent laisser pendre les rênes que de les empoigner vigoureusement. Sous leur direction, l'œuvre de la Réforme, commencée d'une façon si énergique, et même plus qu'énergique par Calvin, s'arrête bientôt, et une telle incertitude dans les questions de la foi s'empare des bourgeois que l'Église catholique chassée reprend peu à peu courage et s'efforce, au moyen d'adroits intermédiaires, de regagner Genève à la foi romaine. La situation est de plus en plus critique : peu à peu, ceux-là mêmes qui avaient considéré Calvin comme trop dur et trop sévère commencent à s'inquiéter et à se demander si finalement sa discipline de fer n'était pas préférable au chaos dont ils sont menacés. Des bourgeois, de plus en plus nombreux, et même déjà plusieurs des anciens adversaires de Calvin, se prononcent en faveur de son rappel. À la longue, le Conseil ne voit pas d'autre solution que d'obéir au vœu général du peuple. Les premières lettres adressées à Calvin ne sont encore que des demandes vagues et prudentes, mais vite elles deviennent plus ouvertes et plus pressantes. L'invitation se change en prière, le Conseil n'écrit bientôt plus à « Monsieur » Calvin pour le prier de revenir à Genève et de lui apporter son aide, mais à « Maître » Calvin. Enfin les conseillers, qui ne savent plus que faire, supplient presque à genoux le « bon frère et seul ami » de reprendre son poste de pasteur, en lui promettant de « se conduire avec lui de telle façon qu'il aura tout lieu d'être content ». Deux ans à peine se sont écoulés depuis qu'ils l'ont chassé ignominieusement.

Si Calvin était un caractère mesquin et se contentait d'un triomphe mesuré, la chose serait vite réglée. Mais qui veut tout ne peut s'accommoder d'une demi-victoire, d'autant plus que dans cette affaire il ne s'agit pas pour lui de vanité personnelle, mais de la victoire de l'autorité. Cette âme de fer ne veut pas être entravée dans son œuvre par qui que ce soit. S'il revient, il faut qu'il n'y ait plus qu'une seule volonté à Genève : la sienne. Aussi longtemps que la ville n'aura pas fait une déclaration de soumission totale, ne se sera pas livrée à lui pieds et poings liés, Calvin refuse de dire oui et repousse avec dédain les offres pressantes qui lui sont faites : « Je préfère cent fois mourir que de recommencer ces luttes douloureuses », répond-il à son ami Farel. Il ne fera pas un pas au-devant de ses anciens adversaires. Farel perd patience et lui écrit : « Attends-tu à la fin que les pierres elles aussi t'appellent ? » Calvin résiste jusqu'à ce que Genève s'incline. Ce n'est que lorsque les conseillers ont fait le serment d'observer son catéchisme et la discipline exigée d'eux, qu'ils ont adressé des lettres humbles et suppliantes aux bourgeois de Strasbourg en les priant fraternellement de bien vouloir leur donner cet homme indispensable, ce n'est que lorsque Genève s'est humiliée, non seulement devant lui, mais devant le monde entier, que Calvin finit par céder et se déclare prêt à reprendre son ancien poste avec des pouvoirs nouveaux.

Comme une ville conquise s'apprête à recevoir son vainqueur, ainsi Genève se prépare pour l'entrée de Calvin. On fait tout ce qui est possible et imaginable pour apaiser sa mauvaise humeur. Les anciens édits sont hâtivement remis en vigueur afin qu'en arrivant dans la ville il trouve déjà ses ordres exécutés. Le Petit Conseil se charge de lui choisir une habitation convenable avec jardin et d'y installer le mobilier nécessaire. On transforme la vieille chaire de la cathédrale Saint-Pierre de façon que Calvin puisse y être vu de partout. On lui rend honneur sur honneur : avant même qu'il ait quitté Strasbourg, on lui envoie un héraut, chargé de le saluer au nom de la ville, et l'on fait venir sa famille aux frais de la communauté. Lorsque, enfin, le 13 septembre, la voiture s'approche de la porte de Cornavin, une foule immense attend l'exilé de la veille pour le conduire dans la ville au milieu d'acclamations.

Maintenant Calvin a en main Genève, tendre et malléable comme de l'argile, et il ne s'arrêtera plus avant d'avoir fait d'elle le chef-d'œuvre d'une pensée organisée. À partir de ce jour, on ne pourra plus les séparer l'un de l'autre : Calvin et Genève, c'est l'esprit et la forme, le créateur et sa création.

La « discipline »

À partir du moment où cet homme sec et dur, enveloppé dans sa robe noire et flottante de prêtre, passe la porte de Cornavin, commence l'une des expériences les plus remarquables de tous les temps : il s'agit de transformer un État comptant d'innombrables cellules vivantes en un raide mécanisme, des milliers d'individus avec leurs sentiments et leurs croyances en un système rigide et unique. C'est la première tentative d'uniformisation absolue de tout un peuple qui est entreprise ici, au milieu de l'Europe, au nom d'une idée. Avec une rigueur méthodique, une logique grandiose, Calvin passe à l'exécution de son rêve audacieux : faire de Genève le premier État de Dieu sur terre, une communauté se différenciant des autres, sans corruption ni désordre, sans péchés ni vices, la vraie, la nouvelle Jérusalem, d'où doit sortir le salut du monde. Cette idée sera désormais toute sa vie, et sa vie entière sera au service de cette idée. Aucun doute : cet idéologue croit à son utopie avec un sérieux terrible, une sincérité complète, et pas un seul instant, pendant les vingt-cinq années que durera sa dictature spirituelle, il ne cessera de penser qu'on ne travaille au bien des hommes qu'en leur enlevant impitoyablement toute liberté individuelle. Car avec son intolérance grandissante, ce pieux despote ne croira pas exiger autre chose des hommes qu'une juste façon de vivre, strictement conforme à la volonté et aux instructions de Dieu.

Cela a l'air très simple et parfaitement clair. Mais cette volonté de Dieu, comment la reconnaître ? Ces instructions, où les trouver ? Dans l'Évangile, répond Calvin, et là seulement. C'est dans l'Évangile que s'expriment en des phrases éternellement vivantes la parole et les commandements de Dieu. Ce n'est pas par hasard que les livres saints nous ont été conservés. Dieu a transmis expressément la doctrine en paroles, afin que ses ordres soient nettement reconnaissables et puissent être observés par les hommes. Cet Évangile existait avant l'Église ; il est par conséquent au-dessus de l'Église, et en dehors de lui il n'y a pas de vérité. Aussi, dans un État vraiment chrétien, la Bible, la « parole de Dieu », doit-elle être considérée comme le seul fondement de la morale, de la pensée, de la foi, du droit et de la vie, car c'est le livre de toute sagesse, de toute justice et de toute vérité. Pour Calvin, au commencement et à la fin de tout est la Bible, et toute décision, dans n'importe quel domaine, doit être fondée sur elle.

En faisant du texte des Écritures le plus haut tribunal de toute action terrestre, Calvin semble en fait ne reprendre que la théorie bien connue de la Réforme. Mais en réalité il fait un pas énorme au-delà de celle-ci et s éloigne même complètement de sa pensée primitive. La Réforme avait commencé comme un mouvement de libération morale et religieuse, elle voulait mettre l'Évangile à la disposition de tous. Ce n'était plus le pape à Rome et les conciles qui devaient constituer l'autorité suprême du christianisme, mais la conscience individuelle qui devait permettre à chacun de se former son propre christianisme. Cette « liberté du chrétien » proclamée par Luther, Calvin la supprime impitoyablement, comme d'ailleurs toute autre forme de liberté intellectuelle. La parole du Seigneur lui semble, à lui, parfaitement claire ; il exige donc qu'on renonce une fois pour toutes aux autres interprétations que la sienne de l'enseignement divin. La parole de Dieu doit rester immuable, tels les piliers de pierre qui supportent la cathédrale, afin que l'Église ne vacille pas. Elle ne devra donc plus agir désormais en tant que *logos spermatikos*, que vérité se recréant et se régénérant éternellement, mais être fixée une fois pour toutes dans l'interprétation donnée par Genève.

Calvin établit ainsi en fait une nouvelle orthodoxie, l'orthodoxie protestante, en face de la catholique, et c'est à juste titre qu'on a appelé cette nouvelle forme de dictature théocratique une « bibliocratie ». Un seul livre est maintenant maître et juge à Genève, dieu des législateurs, et son prédicateur est le seul interprète autorisé de cette loi. Il

Ulrich Zwingli (1484-1531)

est le « juge » dans le sens de l'Ancien Testament, et sa puissance le met au-dessus des rois et du peuple. C'est exclusivement l'interprétation de la Bible par le Consistoire qui décidera désormais, à la place du Conseil et du droit civil, ce qui est permis et ce qui ne l'est pas, et tous ceux qui se dresseront contre la dictature théocratique seront jugés comme rebelles à Dieu ; c'est avec le sang qu'on écrira bientôt les commentaires à l'Écriture sainte. Une dictature dogmatique issue d'un mouvement de libération est toujours plus sévère et plus dure à l'égard de l'idée de liberté qu'un pouvoir hérité. Ceux qui doivent leur domination à une révolution sont les plus intolérants et les plus impitoyables envers toute nouveauté.

*

C'est toujours une idée qui donne naissance aux dictatures. Mais l'idée tient sa couleur et sa forme de l'homme qui la traduit en actes. Il est inévitable que la doctrine calviniste, en tant que création intellectuelle, ressemble à son créateur ; il suffit de regarder les traits de Calvin pour prévoir qu'elle sera plus morose et plus dure que n'importe quelle autre exégèse du christianisme. Son visage est comme un de ces paysages rocheux à l'écart de toute habitation et dont le silence et l'isolement font penser à Dieu mais n'ont rien d'humain. Tout ce qui rend la vie belle et fertile, tout ce qui lui donne sa chaleur et sa sensualité, sa joie et sa plénitude est absent de cette figure d'ascète : le front étroit et sévère, sous lequel deux yeux profonds et fatigués flamboient comme des charbons ardents, le nez tranchant et crochu qui s'avance dominateur entre les joues pantelantes, la bouche mince, comme coupée au couteau, que rarement on a vue rire. Aucun incarnat ne brille sur la peau creuse, couleur de cendre desséchée. On dirait qu'une fièvre intérieure a, tel un vampire, sucé le sang des joues, tellement elles sont grises et plissées, ternes et maladives, à l'exception toutefois des courts moments où la colère les couvre de taches rouges. En vain, la barbe flottante de prophète biblique (que tous ses disciples et sectateurs imitent servilement) s'efforce de donner à ce visage une apparence de force virile : cette barbe elle-même manque de sève et d'abondance, elle ne tombe pas puissante et patriarcale, mais séparée en de minces touffes, telle une broussaille triste, qui sort d'un fond rocheux.

Un extatique, brûlé, usé par son feu intérieur, ainsi apparaît Calvin sur ses portraits, et un peu plus on aurait pitié de cet homme, excédé de fatigue, surmené, dévoré par sa propre ardeur. Mais lorsqu'on regarde plus bas, on s'effraie soudain à la vue des mains, inquiétantes comme celles d'un avare, ces mains maigres et osseuses qui telles des serres gardent férocement dans leurs articulations avides tout ce qu'elles ont pu saisir. On ne peut s'imaginer qu'elles aient jamais joué avec une fleur, caressé le corps chaud d'une femme, qu'elles se soient tendues cordialement vers un ami : ce sont les mains d'un homme dur, implacable, et il suffit de les regarder pour comprendre quelle force de domination est sortie de Calvin.

Quel visage sans lumière et sans joie ! C'est de la main de Zurbarán qu'on pourrait le mieux s'imaginer une effigie de Calvin, dans le style passionné propre à cet artiste et où il a représenté les ascètes et les anachorètes, noir sur noir, séparés du monde et vivant dans des cavernes, devant eux le livre, toujours le livre, à côté d'eux la croix ou une tête de mort, seuls symboles d'une vie spirituelle, autour d'eux une solitude froide et noire, inabordable. Car toute sa vie, c'est une telle atmosphère de solitude impénétrable qui a régné autour de Calvin. Dès sa plus tendre enfance il s'habille d'un noir impitoyable. Noire la barrette sur le front plissé, moitié capuchon de moine, moitié casque de soldat, noire la robe ample dont les plis tombent jusque sur les souliers, le vêtement d'un juge, dont la fonction est de punir sans cesse les hommes, celui d'un médecin, éternellement chargé de les guérir de leurs péchés et de leurs vices. Noir, toujours noir, la couleur de la gravité, de l'inflexibilité et de la mort. Il est rare que Calvin se soit montré autrement que dans le symbole de sa fonction, car ce n'est qu'en tant que serviteur de Dieu, que dans le vêtement du devoir, qu'il voulait être vu et craint par les autres, et non pas aimé comme homme, comme frère. Mais dur pour le monde, il l'a été aussi pour lui. Toute sa vie il a tenu son corps en bride, n'accordant à la chair, pour l'amour de l'esprit et de la foi, que le strict nécessaire en fait de repos et de nourriture. Trois heures, quatre heures, tout au plus, de sommeil la nuit, un seul repas frugal le jour, et encore rapidement avalé avec le livre ouvert à côté de lui. Jamais une promenade, une joie, une distraction, et avant tout jamais un véritable plaisir : dans son dévouement fanatique au spirituel, Calvin n'a fait toute sa vie que penser et agir, travailler et lutter : jamais il n'a vécu une heure pour lui-même, mais toujours pour son Dieu, pour son Église.

C'est cette absence complète de sensualité qui est, avec son éternelle absence de jeunesse, le trait le plus marquant de la personnalité de Calvin. C'est en recevant avec reconnaissance des mains de Dieu tous les présents de la vie que les autres réformateurs pensent le servir le plus fidèlement. En tant qu'hommes sains et normaux ils se réjouissent de leur santé et de leur capacité de jouir de la vie, quand il prend possession de son premier emploi de pasteur, Zwingli laisse derrière lui un enfant naturel ; Luther déclare un jour en riant : « Quand la femme ne veut pas, eh bien ! c'est la servante » ; ils boivent ferme et rient et font ripaille. Chez Calvin, au contraire, tout ce qui est sensuel est complètement réprimé ou n'existe qu'à l'état d'ombre. Intellectuel fanatique, c'est dans l'activité spirituelle, dans la sphère de la parole et de l'idée qu'il dépense toutes ses forces. Pour lui, la vérité n'est que dans la clarté et dans la logique. Il ignore toute griserie : celle de l'art comme celle du vin ou de n'importe quel présent divin de la terre. Lorsque, pour obéir au commandement de la Bible, il décide de se marier, il ne le fait pas guidé par la passion mais, comme il l'avoue, pour appartenir plus à son travail. Il épouse la veuve d'un anabaptiste converti par lui. Le seul enfant qu'elle lui donne n'est pas viable ; peu de temps après, la mère meurt à son tour. À partir de ce moment (il a trente-six ans) et jusqu'à sa mort, c'est-à-dire pendant les vingt meilleures années de l'âge viril, cet ascète volontaire, voué uniquement au spirituel, à la « doctrine », ne touchera plus une femme.

Mais le corps d'un homme a tout autant que l'esprit besoin de se développer et se venge cruellement de qui le violente. Chaque organe dans un corps vivant tend instinctivement à accomplir pleinement sa fonction naturelle. Le sang veut à l'occasion couler plus vite, le cœur battre plus fortement, les poumons se gonfler d'air, les muscles se tendre, la semence se répandre, et quand on entrave constamment cette volonté vitale, on provoque une rébellion générale des organes. Terrible est la punition que le corps de Calvin a infligée à son maître sévère, et peu d'hommes ont autant que lui souffert de la révolte de leur constitution. Sans interruption, une maladie suit l'autre ; dans presque toutes ses lettres Calvin se plaint de nouvelles maladies. Tantôt ce sont des migraines qui le jettent sur son lit pendant des journées entières, tantôt des maux d'estomac, de tête, des hémorroïdes, des coliques, des refroidissements, des crises de nerfs et des hémorragies, des calculs biliaires et des furoncles, tantôt de violents accès de fièvre, des rhumatismes et des maladies de la vessie. Les médecins doivent être constamment à ses côtés, car il n'est aucun organe dans ce corps fragile qui ne se rebelle et le fasse souffrir. Calvin écrit un jour en gémissant : « Ma santé est une mort constante. »

Mais cet homme a pris pour maxime : *Per mediam desperationem prorumpere convenit*, s'élever avec une force de plus en plus grande des profondeurs du désespoir. L'énergie démoniaque de Calvin ne permet pas qu'on lui ravisse une seule heure de travail. Constamment entravé par son corps, il ne cesse de lui prouver la volonté supérieure de l'esprit. Si la fièvre l'empêche de se rendre à l'église, il s'y fait transporter sur une chaise à porteurs et prêche quand même. S'il ne peut assister à la séance du Conseil, ce sont les conseillers qui viennent chez lui. S'il est couché, tout grelottant de fièvre, avec sur lui quatre ou cinq chaudes couvertures, deux ou trois aides assis à son chevet écrivent tour à tour sous sa dictée. Va-t-il chez des amis à la campagne pour respirer un peu d'air pur, ses secrétaires l'accompagnent en voiture et, à peine arrivé, c'est un va-et-vient constant de messagers entre le domaine et la ville. Impossible de s'imaginer inactif ce démon de l'assiduité qu'est Calvin, qui a travaillé en fait toute sa vie sans s'arrêter. Les maisons dorment encore, l'aube ne s'est pas encore levée, et déjà dans l'appartement de la rue des Chanoines la lampe est allumée à sa table de travail tard après minuit, tout est couché depuis longtemps, et toujours brûle à sa fenêtre cette lumière qu'on dirait éternelle. Son effort est tel qu'on pourrait croire qu'il a travaillé avec quatre ou cinq cerveaux à la fois. Car en réalité, cet homme toujours malade a exercé en même temps quatre ou cinq professions différentes. Son emploi véritable, celui de pasteur de l'église Saint-Pierre, n'est qu'un emploi entre beaucoup d'autres, que son désir hystérique de puissance a peu à peu tirés à lui, et quoique les sermons qu'il a prononcés dans cette église remplissent à eux seuls tout un rayon de bibliothèque et qu'un aide soit uniquement occupé à les recopier, ils ne représentent qu'une petite partie de sa production. Président du Consistoire, lequel ne prend aucune décision sans lui, auteur d'innombrables ouvrages théologiques et polémiques, traducteur de la Bible, créateur de l'Université et fondateur du séminaire théologique, membre permanent du Conseil, commissaire politique aux armées pendant la guerre de religion, chef de la diplomatie et organisateur du protestantisme, ce « ministre de la parole sacrée » conduit et dirige en personne tous les ministères de son État théocratique. Il lit les rapports qui lui sont adressés par les pasteurs de France, d'Écosse, d'Angleterre et de Hollande, il crée un vaste service de propagande à l'étranger et organise, avec l'aide d'imprimeurs et de colporteurs, un service de renseignements secrets qui s'étend sur toute l'Europe. Il discute avec les autres chefs protestants, négocie avec les princes et les diplomates. Journellement, presque à toute heure, il reçoit des visites de l'étranger. Pas un étudiant, pas un jeune théologien ne passe par Genève sans lui demander conseil ou lui apporter le témoignage de son respect. Sa maison est comme un bureau de poste ou un office de renseignements toujours ouvert pour toutes les affaires d'État et privées. Il écrit un jour en soupirant qu'il ne se rappelle pas avoir jamais été deux heures tranquille. Des pays les plus lointains, de la Hongrie et de la Pologne, arrivent quotidiennement les rapports de ses hommes de confiance. En outre, son métier de conducteur d'âmes exige qu'il donne des conseils à toutes les personnes qui viennent chercher secours auprès de lui. Tantôt c'est un émigré qui désire s'installer dans la ville et faire venir sa famille : Calvin réunit les fonds nécessaires, lui procure un logement et une occupation. Tantôt celui-ci veut se marier, tantôt celui-là veut divorcer. C'est à Calvin que tous s'adressent, car rien ne se fait à Genève sans son approbation ou son conseil. Si encore ce plaisir autocratique se restreignait à son domaine propre, celui du spirituel ! Mais il n'y a pas pour un Calvin de limite à son pouvoir ; théocrate, il veut que toute chose terrestre se soumette au spirituel et au divin. Il étend sa dure main sur toute la ville : il n'y a pour ainsi dire pas un seul jour où l'on ne trouve dans les procès-verbaux du Conseil cette mention : « Il faudrait demander conseil à Maître Calvin. » Cet œil vigilant n'oublie rien, ne passe sur rien, et on admirerait cette activité, ce sacrifice de sa vie en faveur de l'idée s'il ne comportait par ailleurs un immense danger. Car celui qui renonce si complètement aux joies de la terre voudra nécessairement faire de cette renonciation une règle générale et une loi pour autrui ; s'efforcera d'imposer aux autres ce qui est peut-être conforme à sa nature propre, mais contraire à la leur. Toujours – l'exemple de Robespierre le montre encore – l'ascète est le type le plus dangereux du dictateur. Celui dont la vie n'est pas pleinement humaine, celui qui ne se pardonne rien, se montrera toujours intransigeant à l'égard des autres.

Mais justement, cette discipline à l'égard de soi-même constitue pour Calvin le fondement de sa doctrine. D'après Calvin, l'homme n'a pas le droit de traverser la vie la tête haute et la conscience tranquille ; il doit vivre constamment dans la « crainte du Seigneur », humilié et contrit dans le sentiment de son irrémédiable imperfection. Dès le début, la morale puritaine de Calvin met la notion de la jouissance sur le même plan que celle du « péché » ; tout ce qui vient rendre vivante et orner notre existence terrestre, tout ce qui vient soulager, détendre, affranchir et élever l'âme – en premier lieu, par conséquent, la sensualité – elle le défend, comme une vaine et dangereuse superfluité. Même dans le domaine religieux, lié depuis toujours au mystique et aux choses du culte, Calvin apporte son idéologie. On écarte de l'Église et des pratiques de la religion tout ce qui pourrait occuper les sens, amollir l'âme ; ce n'est pas lorsqu'il est travaillé par des impressions artistiques, grisé d'encens, troublé par la musique, séduit par la beauté des tableaux et des sculptures soi-disant pieuses mais en réalité impies, que le vrai croyant doit s'approcher de Dieu. Ce n'est que dans la limpidité qu'est la vérité, dans la parole claire et nette la certitude de Dieu. Plus de ces « idolâtries », ces tableaux, ces statues, ces costumes d'apparat, ces livres de messe et ces tabernacles dans la maison du Seigneur ! Dieu n'a pas besoin de pompes. Plus de ces engourdissements voluptueux de l'âme, plus de musique ni d'orgues pendant le service divin ! Les cloches d'églises elles-mêmes devront dorénavant se taire à Genève : ce n'est pas à l'aide d'un airain grossier que le vrai croyant doit être rappelé à son devoir. Ce n'est pas par des manifestations extérieures que doit s'exercer la piété, par des offrandes et des sacrifices, mais rien que par l'obéissance intérieure. Assez de messes et de cérémonies, de symboles et de pratiques païennes, assez de fêtes et de solennités ! D'un seul trait de plume, Calvin supprime toutes les fêtes du calendrier, Pâques et Noël, qu'on célébrait déjà dans les catacombes romaines, les jours des Saints, les vieilles coutumes traditionnelles. Le Dieu de Calvin ne veut pas être fêté, ce qu'il veut avant tout, c'est être respecté et craint. C'est de la présomption que d'essayer de s'imposer à lui par l'extase et l'exaltation, au lieu de le servir de loin dans une vénération constante. Car c'est là le sens profond du changement réalisé par la conception théologique de Calvin : pour élever le plus haut possible le divin au-dessus du siècle, il rabaisse le terrestre le plus bas possible ; pour donner à l'idée de Dieu la dignité la plus haute, il réduit la dignité de l'homme. Jamais ce réformateur méfiant n'a pu voir autre chose dans l'humanité qu'une tourbe indisciplinée et abominable de pécheurs ; avec une véritable horreur il s'est toute sa vie scandalisé de la joie du monde coulant magnifiquement et incessamment de mille sources. Quel dessein incompréhensible de Dieu, gémit-il constamment, d'avoir fait ses créatures si imparfaites et si immorales, toujours disposées au mal, incapables de reconnaître le divin, impatientes de se perdre dans le péché ! Un frisson le saisit chaque fois qu'il contemple ses semblables ; jamais un fondateur de religion n'a rabaissé pareillement la dignité de l'homme, qui n'est à ses yeux qu'« une bête indomptable et féroce » et, pire encore, « une ordure ». N'écrit-il pas textuellement dans son *Institution chrétienne* :

« Si l'on juge l'homme d'après ses dons naturels, on ne trouve pas en lui, des pieds à la tête, la moindre trace de bonté. Le peu qu'il y a de louable en lui, il le doit à la grâce de Dieu... Toute notre justice est injustice, notre mérite foutaise, notre réputation honte... Et les meilleures choses qui proviennent de nous sont contaminées, viciées, corrompues par les impuretés de la chair. »

Celui qui, du point de vue philosophique, considère l'individu comme un produit si détestable et si mal venu de la Création, n'admettra, bien entendu, jamais, en tant que théologien et qu'homme politique, que Dieu lui ait accordé la moindre sorte de liberté ou d'indépendance. Une créature aussi corrompue doit être impitoyablement mise en tutelle, car « si on l'abandonne à elle-même, son âme n'est capable que de faire le mal ». Il faut briser une fois pour toutes cet esprit d'arrogance du fils d'Adam de vouloir régler sa vie d'après sa propre volonté ; plus on se montre dur avec lui, plus on soumet et discipline l'homme, plus il aura à s'en féliciter. Qu'on ne lui accorde donc aucune liberté : il ne pourrait en faire qu'un mauvais usage. Qu'on le rapetisse par la force devant la grandeur de Dieu ! Qu'on lui donne conscience de son infériorité, jusqu'à ce qu'il s'intègre sans résistance dans le troupeau pieux et docile, jusqu'à ce que tout ce qui est en dehors de la règle se fonde sans laisser de trace dans l'ordre général, jusqu'à ce que l'individu soit noyé dans la masse !

Pour ce rabaissement draconien de la personnalité, pour ce dépouillement complet de l'individu au profit de la collectivité, Calvin applique une méthode particulière, la fameuse « discipline ». Dès la première heure, cet organisateur génial enferme son « troupeau », sa « communauté » dans un réseau serré d'articles et d'interdictions – les fameuses « ordonnances » – et crée en même temps un office spécial pour en surveiller l'exécution, le « Consistoire », dont la tâche est définie d'une façon extrêmement équivoque : « surveiller la communauté afin que Dieu soit proprement honoré ». Mais c'est seulement en apparence que ce contrôle des mœurs est limité à la vie religieuse. Par suite de la liaison complète entre le terrestre et le spirituel dans la conception totalitaire de Calvin, toute la vie privée tombe désormais automatiquement sous la surveillance de l'État ; c'est ainsi qu'il est prescrit aux sbires du Consistoire, aux « anciens », d'ouvrir l'œil sur l'existence de chacun. Rien ne doit échapper à leur attention, « non seulement les paroles, mais aussi les opinions et les idées sont à surveiller ».

Bien entendu, à dater du jour où ce contrôle universel est introduit à Genève, il n'y a plus en fait de vie privée. Conformément à l'opinion de Calvin selon laquelle tout homme est constamment disposé au mal, chacun est considéré d'avance comme suspect de péché et doit par conséquent accepter qu'on le surveille. Toutes les maisons ont soudain leurs portes ouvertes et tous les murs sont en verre. À n'importe quel moment, la nuit comme le jour, le marteau de votre porte peut retentir et un membre de la police ecclésiastique apparaître pour la « visitation » sans que vous puissiez vous y opposer. Pendant des heures – car il est dit dans les ordonnances qu'« il faut prendre le temps nécessaire pour procéder à loisir à l'inspection » –, d'honorables vieillards aux cheveux blancs doivent, tels des écoliers, répondre à une foule de questions, soit que l'on veuille se rendre compte s'ils savent bien leurs prières ou que l'on désire qu'ils expliquent pourquoi ils n'ont pas assisté au dernier prêche de Calvin. Mais la « visitation » n'est pas du tout terminée avec cela. Cette Gestapo des mœurs fourre son nez partout. Elle s'assure que les robes des femmes ne sont ni trop longues ni trop courtes, qu'elles n'ont pas de ruches superflues ou des jours exagérés, compte les bagues que l'on a aux doigts et les chaussures qui sont dans l'armoire. Du cabinet de toilette elle passe à la salle à manger, pour voir si l'on n'a pas ajouté au seul plat permis une petite soupe ou un morceau de viande, ou si l'on n'a pas caché quelque part des friandises ou de la confiture. Et le pieux policier poursuit son inspection dans toutes les pièces. Il regarde dans la bibliothèque pour savoir si elle ne contient pas de livres ne portant pas le sceau de la censure consistoriale, fouille dans les tiroirs pour voir si par hasard on n'y a pas caché une image sainte ou un chapelet. Il interroge les domestiques pour leur demander des renseignements sur leurs maîtres, les enfants pour qu'ils en donnent sur leurs parents. En même temps, il prête l'oreille du côté de la rue pour s'assurer que personne n'y chante un chant profane, ne joue d'un instrument quelconque ou ne s'abandonne au vice diabolique de la gaîté. Car désormais, à Genève, on traque sans merci toute « paillardise », toute forme de plaisir, et malheur au bourgeois qui se laisse surprendre à entrer, après le travail, dans une taverne pour y boire un verre de vin, ou à jouer aux dés ou aux cartes ! Tous les jours se poursuit cette chasse à l'homme ; le dimanche, il arrive qu'après avoir barré toutes les rues on frappe de porte en porte pour être sûr que personne n'est resté chez soi à faire la grasse matinée au lieu d'aller s'édifier au prêche de maître Calvin, cependant qu'à l'église des espions sont déjà sur place pour dénoncer les retardataires ou ceux qui auraient la mauvaise idée de vouloir s'en aller avant la fin des offices. Ces gardiens des mœurs sont partout présents et infatigables : le soir, ils vont et viennent à travers les bosquets obscurs qui bordent le Rhône pour voir s'il ne s'y trouve pas un couple d'amoureux en train d'échanger des baisers. Ils fouillent les lits des auberges et les coffres des voyageurs. Ils ouvrent toutes les lettres qui sortent de Genève, comme celles qui viennent du dehors, et la vigilance admirablement organisée du Consistoire s'étend très loin au-delà des murs de la ville. Chaque parole prononcée par un mécontent quelconque à Lyon ou à Paris est rapportée infailliblement. Mais ce qui rend cette surveillance plus insupportable encore, c'est qu'à ces espions appointés s'en ajoutent d'autres non payés. Car c'est une règle générale que lorsqu'un État maintient ses membres dans la terreur, on y voit fleurir bientôt la plante vénéneuse de la dénonciation. Partout où il est permis et même souhaité que l'on dénonce, des hommes ordinairement droits et honnêtes se livrent, par peur, à la délation : dans le seul but d'écarter de soi le soupçon « d'avoir porté atteinte à l'honneur de Dieu », chacun surveille son voisin. Le *zelo della paura* l'emporte sur le mouchardage professionnel. Au bout de quelques années, le Consistoire pourrait cesser tout « contrôle », car tous les bourgeois sont devenus des contrôleurs volontaires. Jour et nuit coule le flot trouble de la délation, maintenant sans cesse en mouvement la roue de l'inquisition calviniste.

Sous un pareil régime de terreur constante, comment être sûr de n'avoir pas commis une infraction quelconque aux commandements de Dieu, étant donné qu'en fait Calvin a interdit tout ce qui rend la vie joyeuse et digne d'être vécue ? Interdits les théâtres, les réjouissances, les fêtes populaires, interdits la danse et le jeu sous toutes ses formes ; même un sport aussi innocent que le patinage provoque le mécontentement fielleux de Calvin. Interdits tous autres vêtements que les plus sobres, d'un caractère presque monacal, interdit par conséquent aux tailleurs de faire des coupes nouvelles sans l'autorisation du Conseil ; défendu aux jeunes filles de porter avant l'âge de quinze ans des robes de soie, et après cet âge des robes de velours, défendus les vêtements brodés d'or et d'argent, les galons, boutons et agrafes dorés, ainsi que, d'une façon générale, tout usage d'objets d'or et de bijoux. Interdits aux hommes les cheveux longs, aux femmes les coiffures savantes, interdits les robes garnies de dentelles, les gants, les souliers ajourés. Interdites les fêtes familiales de plus de vingt personnes, interdit de servir aux fiançailles et aux baptêmes plus qu'un nombre déterminé de plats ou même de sucreries, de fruits confits, etc. Défendu de boire d'autre vin que le vin rouge du pays, défendus les toasts, le gibier, la volaille, les pâtes. Défendu aux époux de se faire des cadeaux à leur mariage ou six mois après. Interdits bien entendu les rapports extraconjugaux, ou avant le mariage. Interdit aux bourgeois de la ville d'entrer dans une auberge ; interdit à l'aubergiste de donner à boire et à manger à un étranger avant qu'il ait fait sa prière, obligation pour lui de se faire l'espion de ses hôtes et de surveiller « diligemment » toute parole et toute attitude suspectes. Interdit de faire imprimer un livre sans autorisation, interdit d'envoyer une lettre à l'étranger ; interdites les images saintes et les statues ; surveillance stricte de l'art sous toutes ses formes. Même dans le chant des psaumes, les ordonnances veulent que l'on « veille avec soin » à ce que l'attention ne soit pas tendue vers la mélodie, mais vers le sens des paroles, car « ce n'est que dans la parole vivante que Dieu doit être célébré ». On ne permet même plus aux bourgeois de choisir librement le nom de baptême de leurs enfants. Sont interdits les noms familiers depuis des siècles de Claude ou d'Amédée, parce qu'ils ne se trouvent pas dans la Bible ; on les remplace par des noms bibliques, tels qu'Isaac et Adam. Il est interdit de dire le « pater noster » en latin. Interdit tout ce qui rompt la grise monotonie de l'existence, et bien entendu toute ombre de liberté intellectuelle dans le mot écrit ou parlé. Défendue, comme le crime des crimes, toute critique à l'égard de la dictature de Calvin : les bourgeois sont expressément avertis, au son du tambour, « qu'il est interdit de parler des affaires publiques ailleurs qu'en présence du Conseil ».

Interdit, interdit, interdit : on n'entend plus que cet horrible mot. Et l'on se demande avec stupéfaction ce qui, après tant d'interdictions, peut bien être encore permis aux bourgeois de Genève. Pas grand-chose. Il est permis d'exister et de mourir, de travailler, d'obéir et d'aller à l'église. Ou, plus exactement, cette dernière autorisation n'en est pas une, c'est une obligation légale, imposée sous peine des plus graves châtiments. Impitoyablement se poursuit le cycle du devoir, du devoir encore et toujours. Après le dur service pour le pain quotidien, le service pour Dieu, la semaine pour le travail, le dimanche pour l'église. C'est ainsi et seulement ainsi que l'on pourra tuer Satan dans l'homme !

*

Mais comment, se demande-t-on avec étonnement, une ville républicaine, qui a goûté à la liberté pendant des décennies et des décennies, a-t-elle pu accepter un tel despotisme moral et religieux, comment un peuple jusqu'alors d'une gaîté presque méridionale a-t-il pu supporter un tel régime ? Comment un seul homme est-il parvenu à détruire à ce point toute la joie de la vie chez des milliers et des milliers d'individus ? Le secret de Calvin n'est pas du tout nouveau, c'est le secret éternel des dictatures : la terreur. Qu'on ne se fasse pas d'illusions : la violence, qui ne recule devant rien et raille comme une faiblesse toute humanité, est une force redoutable. La terreur systématiquement organisée et exercée par un État paralyse la volonté de l'individu, elle mine et dissout toute solidarité. Telle une maladie, elle s'insinue dans les âmes qu'elle corrode ; bientôt la lâcheté générale devient son meilleur auxiliaire, car chacun se sentant suspect suspecte les autres, et par peur les peureux vont encore au-devant des ordres et interdictions de leurs tyrans. Un régime de terreur bien organisé produit des miracles, et, chaque fois qu'il s'est agi de son autorité, Calvin n'a jamais hésité à en faire la preuve. Il est peu d'autocrates qui pour imposer leur façon de voir aient été aussi impitoyables que lui, et cette dureté n'est nullement excusée par le fait que, comme ses autres qualités et défauts, elle n'est qu'un produit de son idéologie. Car aucun instinct méchant ne guide Calvin ; au contraire, il est très dévoué à ses fidèles, ses amis vantent son affabilité et sa bonté. Cet humaniste aux nerfs sensibles a de plus horreur du sang et, de son propre aveu, il ne pourrait supporter la moindre cruauté. Mais le Calvin intellectuel, délicat et pieux devient aussitôt un tout autre individu dès qu'il s'agit de sa doctrine. Pour la soutenir et la faire triompher, pour défendre son Église, il ne reculera pas devant le recours à la pire violence ; aucun moyen ne lui semblera exagéré contre les « fils de Satan », contre tous ceux qui se refusent à accepter l'infaillibilité et l'immuabilité de ses thèses. L'idéologue, le théologue en lui est inhumain et féroce, mais non l'homme. C'est là précisément le pire reproche que l'on puisse faire aux théoriciens : les mêmes personnes qui n'auraient pas la force d'assister à une seule exécution capitale sont capables d'ordonner sans la moindre hésitation des centaines d'exécutions dès qu'elles se sentent couvertes par leur « idée », leur doctrine, leur système. Être sans pitié pour tous les « pécheurs », c'est ce que Calvin considérait comme la règle suprême de son système, et appliquer ce système jusqu'au bout était à ses yeux une obligation imposée par Dieu. Il se force donc d'être dur et cruel, il lui semble que c'est pour lui un devoir d'éduquer sa propre nature, de la durcir, de la rendre implacable. Il pense qu'il faut s'habituer à l'inflexibilité pour mieux lutter contre le vice. Il faut dire que cet entraînement ne lui a que trop bien réussi. Il reconnaît qu'il préfère voir un innocent frappé injustement qu'un seul coupable échapper au jugement de Dieu, et lorsqu'un jour une des nombreuses exécutions ordonnées par lui à Genève se prolonge et se transforme en torture par suite de la maladresse du bourreau, Calvin écrit pour s'excuser à Farel : « Si le condamné a subi une telle prolongation de ses souffrances, ce ne fut certainement pas sans la volonté expresse de Dieu. » Plutôt trop dur que trop doux, lorsqu'il s'agit de l'« honneur à Dieu », ainsi raisonne Calvin. Ce n'est que par la punition que peut naître une humanité nouvelle.

Il est facile d'imaginer avec quelle férocité une telle thèse devait être appliquée dans un monde encore moyenâgeux. Au cours des cinq premières années de la domination de Calvin, il y eut dans la ville relativement petite de Genève treize condamnations à la pendaison, dix à la décapitation, trente-cinq à la mort sur le bûcher, chiffres qui eussent été bien plus élevés si un grand nombre de « suspects » n'avaient pas réussi à fuir à temps. En outre, pendant ce même laps de temps, on compta soixante-seize bannissements. Bientôt les cachots y sont à tel point bondés que le directeur de la prison se voit contraint de faire savoir au Conseil qu'il ne peut plus loger aucun prisonnier. Les tourments auxquels sont soumis condamnés et suspects sont si effroyables que ces malheureux préfèrent se suicider que de se laisser traîner à la chambre de torture. Devant le nombre de ces suicides, le Conseil ordonne même que les prisonniers auront les mains enchaînées jour et nuit, « afin d'empêcher toutes sortes d'accidents ». Mais jamais on n'entend un mot de Calvin disant de mettre fin à de telles atrocités ! La rançon que la ville paie pour que l'« ordre » et la « discipline » règnent dans ses murs est effrayante. Balzac n'a-t-il pas écrit :

« Ceux qui voudront étudier les raisons des supplices ordonnés par Calvin trouveront, proportion gardée, tout 1793 à Genève... Pesez ces considérations et demandez-vous si Fouquier-Tinville a fait pire. La farouche intolérance religieuse de Calvin a été moralement plus compacte, plus implacable que ne le fut la farouche intolérance politique de Robespierre. Sur un théâtre plus vaste que Genève, Calvin eût fait couler plus de sang que le terrible apôtre de l'égalité politique. »

Cependant, c'est moins par ces mesures barbares que par les vexations systématiques et les intimidations quotidiennes que Calvin réussit à briser l'esprit de liberté des bourgeois de Genève. Il suffit de feuilleter les registres du Conseil pour avoir une idée de ses méthodes. Un bourgeois a souri lors d'un baptême : trois jours de prison. Un autre, fatigué par la chaleur, s'est endormi pendant le prêche : la prison. Des ouvriers ont mangé du pâté à leur petit déjeuner : trois jours au pain et à l'eau. Deux bourgeois ont été surpris jouant aux quilles : la prison. Deux autres ont joué aux dés un demi-setier de vin : la prison. Un homme s'est refusé à faire donner à son fils le nom d'Abraham : la prison. Un violoniste aveugle a fait danser au son de son instrument : expulsé de la ville. Quelqu'un a loué la traduction de la Bible de Castellion : expulsé également. Une jeune fille a été surprise en train de patiner, une femme s'est prosternée sur la tombe de son mari, un bourgeois a, pendant le service divin, offert à son voisin une prise de tabac : convocation devant le Consistoire, avertissement et pénitence. Des gens joyeux ont fêté les Rois : vingt-quatre heures de prison au pain et à l'eau. Un bourgeois a dit : « Monsieur » Calvin au lieu de « Maître » Calvin ; des paysans ont, selon l'antique coutume, parlé de leurs affaires en sortant de l'église : la prison, et encore la prison. Un homme a joué aux cartes : au pilori, les cartes autour du cou. Un autre a chanté dans la rue d'une façon exubérante : on lui donne l'ordre d'« aller chanter ailleurs », autrement dit, on le chasse de la ville. Deux bateliers se sont battus sans qu'il y ait eu mort d'homme : exécutés. Mais ce sont les protestations contre la dictature politique et spirituelle de Calvin que l'on punit le plus férocement. Pour avoir attaqué publiquement la théorie de la prédestination de Calvin, un homme est fouetté jusqu'au sang à tous les carrefours de la ville, puis banni. Un imprimeur qui a eu l'audace, étant en état d'ivresse, de lancer des insultes contre Calvin, est condamné à avoir la langue percée avec un fer rouge, puis on le chasse de la ville. Jacques Gruet, rien que pour avoir appelé Calvin un hypocrite, est torturé et exécuté. Chaque infraction, même la plus insignifiante, est en outre inscrite avec soin dans les registres du Consistoire, de sorte que la vie privée de chacun est sans cesse contrôlée. La police de Calvin ne connaît pas plus que lui de pardon ou d'oubli.

Un tel régime de terreur doit inévitablement avoir pour résultat d'abattre et de démoraliser les individus comme la masse. Quand, dans un État, chaque citoyen doit s'attendre à tout moment à être interrogé, perquisitionné, quand il sent constamment fixés sur lui des regards à l'affût de ses moindres gestes, quand des oreilles écoutent chacune de ses paroles, quand la porte de sa maison peut s'ouvrir à chaque instant, la nuit comme le jour, pour de soudaines « visitations », alors les nerfs se relâchent peu à peu, un état de peur généralisée se produit, qui s'empare petit à petit, par contagion, des plus courageux. Toute volonté de résistance doit finalement succomber dans une lutte aussi vaine, et bientôt, grâce à ce système de dressage, à cette « discipline », la ville de Genève deviendra tout à fait telle que l'a voulue Calvin : dévote, timide, terne, entièrement soumise à une seule volonté : la sienne.

*

Au bout de quelques années de cet assujettissement, Genève a déjà changé. On dirait qu'un voile gris a été étendu sur cette ville autrefois libre et gaie. Les vêtements aux couleurs vives ont disparu, on n'entend plus le son des cloches du haut des tours ni de chants joyeux dans les rues. Les auberges sont sans vie depuis que le violon ne s'y fait plus entendre, que les boules ne roulent plus dans les hangars, et que les dés ne cliquettent plus, légers, sur la table. Les bals sont vides, et désertes les allées obscures où se donnaient autrefois rendez-vous les couples amoureux. Seule l'église rassemble tous les dimanches les hommes en une communauté grave et silencieuse. La ville a maintenant un visage sévère et morose ; peu à peu tous ses habitants prennent même, par peur ou par une sorte de mimétisme inconscient, l'attitude raide de Calvin, sa gravité inflexible. Ils ont quitté leur démarche légère et insouciante, leurs yeux n'osent plus montrer de chaleur, de peur que leur cordialité ne passe pour de la sensualité. Même dans l'intimité ils ont pris l'habitude de chuchoter au lieu de parler, car derrière les portes il se pourrait que les domestiques et les servantes fussent aux aguets. Qu'on n'attire pas l'attention, ni par ses vêtements, ni par une parole irréfléchie, ni par une mine gaie ! Pourvu qu'on ne se rende pas suspect ! Le mieux est de rester chez soi : là, du moins, murs et verrous protègent les gens dans une certaine mesure contre les regards indiscrets et les soupçons. S'ils sont obligés de sortir, ils glissent muets et le regard baissé, enveloppés dans leurs manteaux noirs comme s'ils se rendaient au prêche ou à un enterrement. Les enfants eux-mêmes, élevés dans cette atmosphère sévère et que l'on terrifie aux « réunions de prière et d'édification », ont cessé d'être vivants et bruyants ; eux aussi ont l'air de se courber devant une menace invisible. Tristes et craintifs, ils font penser à des plantes dont les fleurs chétives éclosent dans l'ombre froide, loin de tout soleil.

Régulier comme une œuvre d'horlogerie, jamais interrompu par aucune fête, se poursuit en un tic-tac triste et sans chaleur le rythme de cette ville, monotone, ordonné et sûr. Les étrangers s'y promenant pourraient penser qu'elle est en deuil, tellement les gens ont l'air sombre, tellement les rues sont muettes et sans joie, terne et oppressée l'atmosphère intellectuelle. Le dressage et la discipline, certes, y sont admirables, et la gloire de sa piété est répandue dans le monde entier, mais cette sévérité que Calvin a imposée à Genève est payée par la perte immense de toutes les forces sacrées qui ne naissent que de l'exubérance et de l'excès. Et si cette ville est appelée à produire une foule de citoyens pieux et dévots, un grand nombre de théologiens studieux et de graves savants, durant deux siècles entiers après Calvin elle ne donnera naissance à aucun peintre, aucun musicien, aucun écrivain de réputation mondiale. L'extraordinaire est sacrifié à l'ordinaire, la liberté créatrice à la servilité absolue. Et lorsque enfin un nouvel et grand écrivain y naît, sa vie entière n'est que révolte contre l'oppression de la personnalité. Genève trouvera en Jean-Jacques Rousseau, le plus indépendant des hommes, le pôle opposé à Calvin.

[illegible] ntenan [illegible]

ras semble [illegible]

Entrée en scène de Castellion

Craindre un dictateur, cela ne veut pas dire qu'on l'aime, et se soumettre extérieurement à un régime autoritaire ne signifie pas qu'on le trouve juste. Certes, pendant les premiers mois qui suivent le retour de Calvin l'admiration pour lui est unanime, tant chez les bourgeois que chez les dirigeants. Maintenant qu'il n'y a plus qu'un seul parti, tous les partis semblent être avec lui, et la plupart des gens s'abandonnent avec enthousiasme à l'ivresse de l'unité. Mais bientôt la déception commence. Tous ceux qui ont appelé Calvin afin qu'il remette de l'ordre dans la ville espéraient secrètement que ce féroce dictateur, dès que la « discipline » serait assurée, relâcherait quelque peu la sévérité de son régime super-moral. Au lieu de cela, ils constatent de jour en jour que les rênes se tendent de plus en plus, jamais ils n'entendent une parole de remerciement pour les sacrifices immenses qu'ils font au détriment de leur liberté ; au contraire, il leur faut écouter du haut de la chaire des paroles comme celles-ci : « Une potence serait nécessaire pour y pendre sept ou huit cents jeunes Genevois, afin de pouvoir introduire enfin de bonnes mœurs et une véritable discipline dans cette ville corrompue. » Ils se rendent compte maintenant qu'au lieu d'un médecin des âmes, c'est un ennemi de leur liberté qu'ils ont introduit chez eux ; les mesures de plus en plus rigoureuses imposées par Calvin finissent par lasser même ses plus chauds partisans.

Ainsi quelques mois à peine se sont écoulés et déjà le mécontentement recommence : de loin, sa « discipline » apparaissait beaucoup plus séduisante que de près. Maintenant les couleurs romantiques pâlissent, et ceux qui hier encore poussaient des cris de joie commencent à gémir doucement. Mais pour ébranler le prestige d'un dictateur il faut une cause qui soit visible et compréhensible pour tous, et celle-ci se présente bientôt. C'est au cours de la terrible épidémie de peste qui, trois années durant, de 1542 à 1545, fait rage dans la ville, que les Genevois commencent à douter de l'infaillibilité du Consistoire, car ces mêmes hommes qui en temps ordinaire exigent sous peine des plus graves châtiments que tout malade fasse appel dans les trois jours au secours d'un pasteur, depuis que l'un d'eux est mort contaminé, abandonnent les pestiférés à leur sort et refusent de leur apporter les secours de la religion. Le Conseil les supplie en vain de déléguer au moins un membre du Consistoire qui serait chargé de « soulager et consoler les pauvres infects ». Personne ne se présente, à l'exception du directeur du Collège, Castellion, à qui cependant on ne peut confier cette mission, parce qu'il n'est pas encore ministre. Mieux, le 5 janvier 1543, Genève assiste ébahie à cette scène étonnante : tous les pasteurs de la ville, Calvin en tête, apparaissent à l'assemblée du Conseil pour y faire publiquement l'aveu qu'aucun d'eux n'a « la constance » d'aller à l'hôpital des pestiférés, bien qu'ils sachent que ce serait leur devoir de servir, dans les bons comme dans les mauvais jours, Dieu et sa sainte Église.

Or rien ne fait sur un peuple une impression plus profonde que le courage de ses guides. À Marseille, à Vienne et dans un grand nombre d'autres villes ne célèbre-t-on pas encore aujourd'hui, après plusieurs siècles, le souvenir des prêtres héroïques qui, lors des grandes épidémies du passé, apportèrent aux malades des hôpitaux les consolations de la religion ? Mais s'il n'oublie jamais l'héroïsme de ses dirigeants, il garde aussi le souvenir de leur lâcheté aux heures critiques. Avec une raillerie féroce les Genevois observent maintenant que ces mêmes pasteurs qui, du haut de la chaire, exigeaient pathétiquement les plus grands sacrifices de leurs ouailles ne sont pas disposés à la moindre abnégation, et c'est en vain que, pour essayer de détourner la colère générale, on imagine une mise en scène infâme. Sur l'ordre du Conseil, on se saisit de quelques miséreux et on les torture d'une façon effroyable, jusqu'à ce qu'ils avouent avoir amené la peste dans la ville en souillant les loquets des portes à l'aide d'un onguent préparé avec les excréments du diable. Au lieu de repousser avec mépris ces bavardages de vieilles

Cité de Genève à l'époque de Castellion et Calvin

commères, Calvin fait montre de l'esprit le plus rétrograde et s'affirme un défenseur convaincu des superstitions moyenâgeuses. Non content de déclarer publiquement que les « semeurs de peste » ont reçu le traitement qu'ils méritaient, il n'hésite pas à dire du haut de la chaire qu'à cause de son impiété un homme a été tiré de son lit en plein jour par le diable et jeté dans le Rhône. Pour la première fois de sa vie il éprouve cette humiliation de voir plusieurs de ses auditeurs ne faire aucun effort pour réprimer le sourire provoqué par une telle déclaration.

Quoi qu'il en soit, une bonne partie de la croyance en son infaillibilité, qui est pour tout dictateur un facteur psychologique essentiel, a été détruite pendant cette peste. On constate un désenchantement général : l'opposition se renforce et s'étend à des couches de plus en plus larges. Par bonheur pour Calvin elle s'étend mais ne se concentre pas. Car c'est précisément là que réside l'avantage de toutes les dictatures, ce qui fait qu'elles peuvent tenir même quand elles sont depuis longtemps en minorité : si leur volonté disciplinée se manifeste d'une façon ferme et organisée, celle de l'opposition, composée d'éléments divers et mue par des motifs divers, n'arrive jamais à se grouper en une force véritable ou n'y parvient que très tard. Le nombre des adversaires d'une dictature importe peu, aussi longtemps qu'ils ne se réunissent pas pour agir selon un plan commun et au sein d'une organisation commune. C'est pourquoi il s'écoule toujours un temps très long entre le moment où l'autorité d'un dictateur subit son premier ébranlement et celui de sa chute définitive. Calvin, son Consistoire, ses pasteurs et sa suite de réfugiés forment un seul bloc, une force compacte, sûre de son but ; ses adversaires, par contre, se recrutent sans aucun lien entre eux, dans toutes les couches et classes de la population. Ce sont d'une part les anciens catholiques restés secrètement fidèles à leurs croyances, puis les buveurs de vin, à qui on a interdit l'entrée des auberges, les femmes, qui n'ont plus le droit de se parer, enfin les vieux patriciens de Genève, furieux contre ces gueux récemment venus de l'étranger qui ont réussi à se glisser dans tous les emplois. Cette opposition numériquement très forte et qui est composée des éléments les plus divers, les plus nobles comme les plus misérables, ne représente qu'une masse impuissante, une force purement latente et non une force réelle parce que non rassemblée autour d'une idée. Or une troupe dispersée ne peut triompher d'une armée disciplinée, un mécontentement inorganisé renverser un régime organisé. Aussi, les premières années, ce sera un jeu pour Calvin de tenir en respect ces groupes épars, qu'il mettra à la raison un à un d'une simple bourrade.

*

Pour le champion d'une idée, seul est vraiment dangereux l'homme qui lui oppose une autre idée ; Calvin, avec son regard clair et pénétrant, l'a compris tout de suite. De la première à la dernière heure, l'adversaire qu'il a le plus redouté, c'est celui qui tant au point de vue intellectuel que moral était son égal, et qui, avec l'ardeur passionnée d'une conscience libre, se dressa sans cesse contre son autoritarisme : Sébastien Castellion.

Nous ne possédons qu'un seul portrait, et médiocre encore, de Castellion. Il montre un visage sérieux d'intellectuel, des yeux francs, on pourrait écrire purs, sous un front haut. Il n'en dit pas davantage. Il ne permet pas de voir dans les profondeurs du caractère, mais il n'en découvre pas moins le trait essentiel : assurance et équilibre intérieurs. Lorsqu'on compare les portraits de Calvin et Castellion, l'antagonisme qui se manifesta d'une façon si brutale dans le domaine spirituel entre les deux hommes apparaît déjà nettement : le visage de Calvin est toute tension, il exprime une énergie convulsive et concentrée, sans cesse désireuse de se décharger ; celui de Castellion, au contraire, est toute douceur et modération. L'expression du premier est toute flamme, celle du second tout calme, c'est l'impatience et la patience, l'ardeur maladive et la force paisible, le fanatisme et l'humanité.

Nous ne sommes guère renseignés sur la jeunesse de Castellion. Il naquit en 1515, c'est-à-dire six ans après Calvin, dans la région savoyarde située aux confins de la Suisse et de la France. Sa famille portait le nom de Chatillion ou Chataillon, peut-être même un moment, sous la domination de la maison de Savoie, celui de Castellione ou de Castiglione, mais sa langue maternelle fut plutôt le français que l'italien. À l'âge de vingt ans, Castellion est étudiant à l'université de Lyon ; à la connaissance du français et de l'italien il ne tarde pas à ajouter celle du latin, du grec et de l'hébreu. Plus tard, il apprend également l'allemand, et dans tous les autres domaines de la science son zèle et sa culture prennent de telles proportions que les humanistes et les théologiens sont unanimes à dire qu'il est l'homme le plus savant de l'époque. Au début, ce sont les arts poétiques qui semblent attirer le jeune étudiant, lequel gagne vaillamment et péniblement son pain en donnant des leçons, et il écrit toute une série de poèmes et d'ouvrages en latin. Cependant, une passion plus forte que celle des choses du passé s'empare rapidement de lui : il se sent puissamment attiré par les problèmes de son temps. Considéré au point de vue de l'histoire, l'humanisme classique n'a d'ailleurs eu en fait qu'une très courte et glorieuse prospérité : les quelques décennies qui séparent la Renaissance de la Réforme. Ce n'est que pendant cette période que la jeunesse voit le salut dans le renouveau des études classiques, dans la culture systématique. Mais les plus ardents, les meilleurs éléments de la jeune génération se rendent vite compte que l'étude de Cicéron et de Thucydide d'après les vieux parchemins n'est qu'un vain travail d'érudition et qu'il y a mieux à faire quand des millions d'hommes sont entraînés par une révolution religieuse, qui, partie d'Allemagne, s'étend sur l'Europe comme un immense incendie. Bientôt, dans toutes les universités, on discute plus sur la vieille et la nouvelle Église que sur Platon et Aristote, et ce n'est plus les pandectes, mais la Bible que professeurs et élèves étudient. Un désir passionné s'empare de la jeunesse intellectuelle : participer par la parole et par l'action au mouvement religieux qui s'est déclenché. Castellion est entraîné lui aussi par ce courant général, et un événement auquel il lui est donné d'assister à cette époque exerce sur lui une action décisive. Assistant pour la première fois à Lyon à un autodafé d'hérétiques, il est ébranlé jusqu'au fond de l'âme par la cruauté de l'Inquisition et par l'attitude héroïque des victimes. À dater de ce jour, il est résolu à vivre et à lutter pour la nouvelle doctrine dans laquelle il voit le salut de l'humanité.

Bien entendu, à partir du moment où ce jeune homme de vingt-cinq ans prend parti pour la Réforme, sa vie est en danger en France. Quand un État ou un régime politique réprime violemment la liberté de penser, il n'y a pour ceux qui ne veulent pas admettre la violation de leur conscience que trois voies possibles : combattre ouvertement la terreur et devenir un martyr : c'est la voie dans laquelle se sont engagés Berquin et Étienne Dolet, qui expièrent leur rébellion sur le bûcher ; se soumettre en apparence et cacher sa véritable opinion : c'est la méthode employée par Érasme et par Rabelais, qui extérieurement vivent en paix avec l'Église et avec l'État, mais qui, enveloppés dans la robe du savant ou brandissant la marotte de la folie, décochent leurs traits empoisonnés en déjouant habilement la violence et en trompant la brutalité à la manière d'Ulysse ; la troisième voie est celle de l'émigration : tenter d'emporter avec soi la liberté intérieure, du pays où elle est poursuivie et traquée, dans un autre où elle peut s'exprimer librement. Castellion, nature droite, mais tendre, choisit tout comme Calvin ce moyen pacifique. Au printemps de 1540, peu de temps après avoir vu mourir sur le bûcher les premiers martyrs de la foi évangélique, il quitte sa patrie pour se faire le messager et le propagandiste de la Réforme.

Il va tout d'abord à Strasbourg, et cela, comme la plupart des autres réfugiés, *propter Calvinum*, pour l'amour de Calvin. Depuis que ce dernier a exigé si hardiment de François Ier, dans sa préface à l'*Institution*, la tolérance et la liberté de conscience, il est considéré par toute la jeunesse française, quoiqu'il soit lui-même encore très jeune, comme le héraut et le porte-bannière de la doctrine évangélique. Toutes ces victimes de la même persécution espèrent s'instruire à son école et se voir confier par lui, qui sait exprimer des revendications et poser des buts, une tâche à accomplir. En tant que disciple, et disciple enthousiaste de Calvin – la nature libre de Castellion voit à cette époque dans le futur dictateur le représentant de la liberté intellectuelle –, il se rend immédiatement chez lui et habite durant une semaine l'auberge d'étudiants que la femme de Calvin a installée à Strasbourg pour les futurs missionnaires de la nouvelle doctrine. Cependant, les relations étroites que le voyageur espérait ne peuvent s'établir entre les deux hommes, car Calvin est appelé aux synodes de Worms et de Haguenau. C'est une occasion manquée. Mais il s'avère bientôt que le jeune disciple a déjà fait sur le maître une forte impression. À peine le retour de celui-ci à Genève a-t-il été décidé que Castellion, sur la proposition de Farel, et sûrement avec l'approbation de Calvin, est nommé professeur au collège de Genève, avec le titre de recteur. On lui adjoint deux suppléants et on le charge, de plus, de prêcher à Vandœuvres, un faubourg de Genève.

Castellion justifie entièrement cette confiance, et son activité professorale lui apporte en outre un succès littéraire particulier. Pour rendre plus agréable à ses élèves l'étude du latin, il transpose en langue latine sous une forme dialoguée les plus beaux passages de l'Ancien et du Nouveau Testament. Bientôt, le petit livre, qui ne devait être au début qu'un guide-âne pour les élèves de Genève, acquiert une renommée mondiale comparable à celle des *Colloques* d'Érasme. C'est ainsi qu'au cours des décennies qui suivent, il ne paraît pas moins de quarante-sept éditions de cet opuscule dans lequel des centaines de milliers d'écoliers ont puisé les rudiments de leur latin classique. Œuvre secondaire et fortuite au point de vue de son activité d'humaniste, ce n'en est pas moins à cette espèce d'abécédaire que Castellion doit d'avoir été placé tout de suite au premier plan de la vie intellectuelle de l'époque.

*

Mais l'ambition de Castellion vise plus haut qu'à écrire un livre agréable et utile pour les enfants des écoles. Ce n'est pas pour gaspiller ses forces et son érudition dans des petits travaux de ce genre qu'il s'est détourné de l'humanisme. Ce jeune idéaliste a un projet qui doit reprendre et dépasser l'exploit d'Érasme et celui de Luther : il ne se propose rien de moins que de traduire la Bible en latin et en français. Il faut que son peuple, le peuple français, ait toute la vérité, comme les humanistes et le peuple allemand l'ont eue grâce à la volonté créatrice d'Érasme et de Luther. Et avec la foi énergique et tranquille de sa nature, il s'attaque à cette tâche gigantesque. Nuit après nuit, le jeune savant, qui le jour lutte péniblement pour gagner le pain de sa famille, travaille à ce plan sacré, auquel il consacrera toute sa vie.

Cependant, dès le début, Castellion se heurte à une résistance acharnée. Un libraire genevois s'est bien déclaré prêt à imprimer la première partie de sa traduction latine de la Bible, mais à Genève Calvin est dictateur absolu dans tous les domaines de la vie intellectuelle et religieuse ; aucun livre ne doit paraître dans les murs de la ville sans son autorisation : la censure n'est-elle pas la fille naturelle de toute dictature ?

Castellion se rend donc auprès de Calvin ; un savant va trouver un autre savant, un théologien un autre théologien, pour obtenir son approbation. Mais les natures autoritaires voient toujours en ceux qui pensent d'une façon indépendante d'insupportables opposants. Le premier mouvement de Calvin est de montrer de l'humeur et un mécontentement à peine voilé. N'a-t-il pas écrit la préface à une traduction française de la Bible faite par un de ses proches, considérant ainsi en quelque sorte cet ouvrage comme la « Vulgate », la Bible officielle du protestantisme ? Quelle « audace », par conséquent, de la part de ce « jeune homme », de lui en opposer une autre, la sienne, de ne pas vouloir reconnaître modestement comme la seule bonne et valable la version qu'il a approuvée lui, Calvin, et à la rédaction de laquelle il a collaboré. On sent nettement la mauvaise humeur de l'homélie devant la « prétention » de Castellion dans ce passage d'une lettre adressée par lui à Viret : « Apprenez maintenant les fantaisies de notre Sébastien. Il y a de quoi vous faire rire et vous mettre en colère. Il y a trois jours il vint à moi. Il me demanda s'il ne me conviendrait pas de laisser publier sa traduction du Nouveau Testament. » Rien que d'après ce ton ironique, on peut s'imaginer l'accueil qu'il a dû faire à son rival. En fait, Calvin se débarrasse rapidement de Castellion : il est disposé à accorder son *imprimatur*, mais à la condition qu'il puisse prendre connaissance de la traduction et y apporter les corrections qu'il jugera nécessaires.

Rien n'est plus éloigné, certes, du caractère de Castellion qu'une vaine suffisance ou un sentiment exagéré de lui-même. Il n'a jamais, comme Calvin, considéré son opinion comme la seule juste, et la préface qu'il a publiée plus tard en tête de sa traduction est un modèle de modestie. Il y déclare ouvertement que lui-même n'a pas compris tous les passages de la Sainte Écriture et avertit le lecteur de ne pas se fier sans réserve à son travail, car la Bible est un livre obscur et plein de contradictions, et ce qu'il donne n'est qu'une interprétation, non pas une certitude. Mais quelle que soit la retenue avec laquelle Castellion apprécie son propre ouvrage, il n'en place pas moins haut la noblesse de l'indépendance personnelle. Conscient de n'être nullement inférieur à Calvin comme hébraïsant et helléniste, il voit à juste titre dans ce désir de le censurer, dans cette prétention autoritaire à vouloir « apporter des corrections », une humiliation pour lui. Égal de Calvin comme savant et théologien, vivant dans une libre république, il ne veut pas se mettre devant lui dans la position d'un élève vis-à-vis de son maître : et laisser corriger son manuscrit comme un devoir d'écolier, au crayon rouge. Néanmoins, pour trouver une issue passable à cette situation et témoigner à Calvin son estime personnelle, il lui offre de le lui lire à toute heure qu'il jugera convenable et se déclare prêt d'avance à accepter ses suggestions et ses propositions. Mais ce dernier est opposé par principe à toute forme de conciliation. Il ne veut pas discuter, mais ordonner. C'est pourquoi il rejette brutalement la proposition de Castellion, ainsi qu'il en fait l'aveu dans cet autre fragment de lettre à Viret : « Je l'avertis que jamais, quand il me donnerait même cent couronnes, je ne consentirais à me lier à des rendez-vous à heure fixe et ensuite à discuter, parfois pendant deux heures, sur un seul mot. C'est là-dessus qu'il est parti visiblement fâché. »

Les fers se sont croisés pour la première fois. Calvin a compris que Castellion n'est pas disposé à se soumettre passivement à lui dans les choses de l'esprit ou de la religion ; il a, au milieu de la servilité générale, reconnu en lui l'adversaire éternel de toute dictature, celui qui ne se soumet pas, l'homme indépendant. Et dès ce moment, Calvin est résolu à chasser de son emploi, et si possible de Genève, cet homme qui ne veut pas le servir, lui, mais seulement sa propre conscience.

*

Quand on cherche un prétexte, on le trouve. Calvin n'a pas longtemps à attendre. Castellion, qui ne peut nourrir sa nombreuse famille avec le traitement par trop modeste qu'on lui octroie, ambitionne le poste, qui lui convient mieux et qui est mieux payé, de « ministre de la parole de Dieu ». Depuis qu'il a quitté Lyon, son rêve était de devenir propagandiste de la doctrine évangélique ; il y a des mois qu'il prêche à l'église de Vandœuvres sans qu'on ait élevé dans la ville aux mœurs pourtant si strictes la moindre objection contre lui. Aucun autre par conséquent à Genève n'est plus qualifié que lui pour pouvoir solliciter un emploi de prédicateur. Aussi sa demande rencontre-t-elle l'approbation unanime du Conseil, ainsi qu'en font foi ces lignes du procès-verbal de la séance du 17 décembre 1543 : « Pour ce que Maître Sébastien est savant homme et est fort propre pour servir en l'Église, il est ordonné qu'il lui soit pourvu en l'Église. »

Mais le Conseil a compté sans Calvin. Comment ? sans le consulter, on a décidé de faire de Castellion – un homme qui, par son esprit d'indépendance, peut le gêner – un pasteur, et par conséquent un membre de son Consistoire ! Immédiatement il proteste. Et dans une lettre à Farel, il motive son attitude de la façon suivante : « Il y a des raisons graves qui s'opposent à sa nomination... Il me semblait préférable pour lui de taire le motif pour lequel il n'était pas admis au ministère, ou d'indiquer sommairement qu'il y avait un empêchement, en écartant tout soupçon fâcheux ; de la sorte il n'aurait rien perdu de ses considérations. Tous mes conseils ne tendaient qu'à l'épargner. »

Lorsqu'on lit ces lignes obscures et mystérieuses, on est pris tout de suite d'un soupçon désagréable. Cela semble signifier qu'il y a contre Castellion quelque raison cachée qui ne lui permet pas de remplir la fonction de pasteur, quelque tache, que Calvin, pour « le ménager », couvre avec bonté du manteau de l'indulgence chrétienne. De quel délit, se demande-t-on, ce savant si hautement apprécié s'est-il rendu coupable, délit sur lequel Calvin fait le silence avec tant de générosité ? A-t-il pris de l'argent qui ne lui appartenait pas, a-t-il péché avec des femmes ? Sa conduite irréprochable bien connue de toute la ville cache-t-elle quelque vice ?

À dessein, Calvin laisse un soupçon imprécis flotter sur Castellion, et rien n'est plus dangereux pour l'honneur et la considération d'un homme sur le compte de qui on ne veut soi-disant pas raconter tout ce que l'on sait.

Mais Castellion, dont la conscience est sans reproche, ne veut pas du tout être « ménagé ». À peine a-t-il appris que c'est Calvin qui s'efforce d'empêcher sa nomination qu'il exige une explication publique : il faut que celui-ci dise au Conseil quelles sont les raisons qui s'opposent à sa nomination. Il faut qu'il découvre son jeu et fasse connaître le délit caché dont Castellion s'est rendu coupable. Et c'est alors qu'on apprend enfin le crime sur lequel Calvin a fait le silence si délicatement : il y a deux questions secondaires d'interprétation de la Bible sur lesquelles Castellion n'est pas tout à fait d'accord avec Calvin. Premièrement, il a exprimé l'opinion – et sur ce point tous les théologiens sont ouvertement, ou non, d'accord avec lui – que le Cantique des Cantiques n'est pas du tout un poème d'inspiration religieuse, mais au contraire tout à fait profane, et que l'hymne à la Sulamite, dont les seins sont comme deux faons qui sautent sur la prairie, est un chant d'amour tout ce qu'il y a de plus terrestre et nullement une magnification de l'Église. Quant à la seconde divergence, elle n'est pas plus importante que la première : Castellion donne à la descente aux enfers du Christ une autre interprétation que Calvin.

Ainsi le « crime » sur lequel Calvin a observé un silence si généreux et qui fait qu'on doit refuser à

Castellion l'emploi qu'il a sollicité apparaît d'abord comme tout à fait insignifiant. Mais – et c'est là l'argument décisif – il n'y a pas pour un Calvin, dans le cadre de la doctrine, de choses insignifiantes. Pour son esprit méthodique, qui s'efforce de concentrer le maximum d'unité et d'autorité dans la nouvelle Église, la plus petite déviation est aussi dangereuse que la plus grande. Calvin veut que dans son édifice, construit d'une façon logique et puissante, chaque pierre garde immuablement sa place, et de même que dans la vie politique, morale et juridique, dans la vie religieuse toute forme de liberté est à ses yeux, par principe, intolérable. Pour que son Église puisse durer, il faut qu'elle soit autoritaire de la base au sommet et jusque dans les moindres détails ; quiconque refuse de reconnaître ce principe directeur, quiconque s'efforce de penser librement s'exclut par là même comme élément subversif de son État.

C'est pourquoi la demande adressée par le Conseil à Castellion et à Calvin de tenir une controverse secrète pour régler à l'amiable leurs divergences apparaît comme vouée d'avance à l'échec. Car il faut le répéter encore une fois : Calvin veut enseigner, mais il ne veut rien admettre d'autrui ; il ne discute jamais, il dicte. Dès le premier mot, il veut que Castellion se range à son opinion et l'engage « à ne pas se fier plus que de raison à son propre jugement », agissant ainsi dans le sens de sa conception de l'unité et de l'autorité nécessaires dans l'Église. Mais Castellion, lui aussi, reste fidèle à lui-même. La liberté de conscience est pour lui le bien suprême, et pour cette liberté il est prêt à payer n'importe quel prix. Il sait parfaitement qu'il lui suffirait de faire amende honorable, de sacrifier sa conviction intime, d'admettre le point de vue de Calvin sur ces deux questions pour qu'on lui accordât immédiatement le poste qu'il sollicite. Incorruptible dans son indépendance, Castellion répond qu'il ne peut pas promettre sans aller contre sa conscience ce qu'il est incapable de tenir. Ainsi la discussion apparaît vaine. Dans la personne de ces deux hommes s'opposent à cette heure-là la Réforme libérale, qui revendique pour tout homme la liberté dans les choses de la religion, et la Réforme orthodoxe, éternel conflit de la liberté et de l'autorité, de la tolérance et de l'intolérance. Après cette explication sans résultat avec Castellion, Calvin peut écrire avec raison : « C'est un homme qui, autant que je peux en juger par nos entretiens, a sur mon compte des idées telles qu'il est difficile que l'accord se rétablisse jamais entre nous ! »

*

Mais quelles sont ces « idées » que Castellion a sur le compte de Calvin ? Ce dernier les donne lui-même lorsqu'il écrit : « Sébastien s'est mis dans l'esprit que j'ai le désir de dominer. » En fait, on ne peut pas traduire la situation d'une façon plus juste. Castellion a compris rapidement ce que les autres ne tarderont pas non plus à comprendre, à savoir que Calvin est résolu, conformément à sa nature tyrannique, à ne tolérer à Genève qu'une seule opinion, la sienne, et qu'il n'est possible de vivre dans son domaine spirituel que si, comme Théodore de Bèze et les autres imitateurs, on accepte servilement chaque syllabe de sa doctrine. Mais cette atmosphère de prison intellectuelle, Castellion ne veut pas la respirer. Ce n'est pas pour se soumettre à une Inquisition protestante qu'il a fui l'Inquisition catholique en France, ce n'est pas pour être l'esclave d'un nouveau dogme qu'il a renoncé au vieux. Pour lui, l'Évangile n'est pas un code sévère et figé mais un modèle d'éthique que chacun doit s'efforcer humblement de suivre, à sa manière propre, sans prétendre pour cela être le seul à connaître la vérité. Aussi est-il révolté devant l'arrogance et la suffisance des gens de Genève. Et lorsqu'un jour, dans une réunion publique, on commente la parole de l'apôtre : « Nous montrant en toutes choses ministres de Dieu par une grande patience », Castellion se dresse brusquement et prie les « ministres de Dieu » de commencer par s'examiner eux-mêmes au lieu de toujours examiner, juger et punir autrui. Nous ne connaissons malheureusement le texte de l'« attaque » de Castellion que d'après la version qu'en a donnée Calvin. Mais même d'après cette version forcément partiale, il ressort que Castellion ne faisait pas d'exception pour lui-même dans cet aveu de la faillibilité générale, car il disait : « Paul était serviteur de Dieu, nous le sommes de nous-mêmes ; il était très patient, nous, très impatients… Il a souffert de la part des autres, nous persécutons des innocents. »

Calvin, qui assistait à la réunion, semble avoir été vraiment surpris par l'attaque de Castellion. Un homme passionné et emporté comme Luther eût bondi aussitôt et répondu par un discours enflammé, un Érasme, un humaniste, aurait sans doute discuté avec sagesse et calme, mais Calvin est avant tout un réaliste, un tacticien prudent, qui sait se maîtriser. Il reste muet et se contente de serrer plus fort encore ses lèvres minces. « Je me suis tu, alors, écrit-il plus tard à Farel pour excuser son étrange réserve, afin de ne pas allumer une vive discussion devant tant d'étrangers. »

Va-t-il au moins l'engager dans un cercle plus restreint ? Va-t-il avoir une explication d'homme à homme avec Castellion, où leurs opinions se confronteront ? Va-t-il l'inviter à comparaître devant le Consistoire et exiger de lui qu'il appuie son accusation, formulée d'une façon tout à fait générale, sur des noms et des faits ? Rien de tout cela. La loyauté en politique est une chose que Calvin n'a jamais pratiquée. Pour lui, toute tentative de critique ne représente pas seulement une divergence théorique, mais un délit, un crime contre l'État. Or, les crimes sont du ressort des autorités séculières. Et c'est devant celles-ci, et non devant le Consistoire, qu'il traîne Castellion, transformant ainsi une discussion d'ordre moral en une procédure disciplinaire. La plainte adressée par lui au Conseil est ainsi formulée : « Castellion a attaqué l'honneur du ministère. »

Le Conseil n'est pas très à son aise lorsqu'il se réunit pour examiner cette plainte. Les conseillers commencent par ajourner la décision le plus longtemps possible, et quand enfin ils prononcent une sentence, celle-ci apparaît au plus haut point équivoque. On adresse à Castellion une simple semonce, mais on ne le punit ni ne le licencie : défense lui est faite seulement de continuer à prêcher à Vandœuvres jusqu'à nouvel ordre.

En fait, Castellion pourrait se tenir pour satisfait de cette timide remontrance. Mais intérieurement sa décision est déjà prise ; cette nouvelle affaire l'a confirmé dans son idée qu'il n'y a pas à Genève de place pour un homme libre à côté d'une nature aussi autoritaire que Calvin. Aussi prie-t-il le Conseil de bien vouloir le décharger de son emploi au Collège. Mais comme il connaît les pratiques de ses adversaires et sait que les hommes de parti n'hésitent jamais à déformer la vérité quand il y va de leur intérêt, comme il prévoit que l'on pourrait transformer son acte libre et viril en une obligation à la suite de quelque acte louche, il exige, avant de quitter Genève, un témoignage écrit sur l'affaire. Et Calvin est contraint de signer un texte (on peut voir le document à la bibliothèque de Bâle) où il est dit que ce n'est qu'à cause de ses divergences sur deux petites questions théologiques que Castellion n'a pas été nommé pasteur. Le document poursuit textuellement : « Afin que personne ne suppose un autre motif au départ de Sébastien, nous voulons qu'il soit attesté, partout où il ira, qu'il a volontairement résilié ses fonctions de directeur du Collège : il les avait remplies de telle sorte que nous le jugions digne du saint ministère. S'il n'a pas été admis, ce n'est pas qu'il y ait une tache quelconque dans sa vie, c'est uniquement pour les raisons que nous venons d'exposer. »

*

En forçant Castellion, le seul homme qu'on pût lui opposer à Genève, à quitter la ville, Calvin a remporté une victoire à la Pyrrhus. Dans de nombreux milieux, on ressent comme une grande perte le départ du savant hautement apprécié. On déclare ouvertement que « par moyen de Calvin on a fait tort à Maître Bastian », et parmi les humanistes on considère que cet incident montre que Calvin ne tolère plus à Genève que des suiveurs et des imitateurs serviles. Deux siècles plus tard encore, Voltaire verra là la preuve décisive de l'esprit tyrannique de Calvin. « On en peut juger, écrira-t-il, par les persécutions qu'il suscita contre Castellion, homme plus savant que lui, que sa jalousie fit chasser de Genève. »

Or Calvin est extrêmement sensible aux reproches. Il se rend vite compte du malaise général qu'il a provoqué. Aussi à peine a-t-il atteint son but, à peine a-t-il fait partir de Genève la seule personnalité indépendante de la ville, qu'il s'inquiète à l'idée que l'opinion publique pourrait lui reprocher d'être cause que Castellion erre maintenant, sans ressources, à travers le monde. En fait, la résolution prise par celui-ci était une résolution désespérée. En tant qu'adversaire déclaré de Calvin, il ne peut compter trouver nulle part en Suisse un poste dans l'Église réformée. Sa brusque décision l'a jeté dans une misère affreuse ; l'ancien directeur du Collège de Genève va comme un mendiant, de porte en porte, à la recherche d'un emploi. Calvin voit donc sans tarder que la situation misérable dans laquelle se trouve son rival peut lui causer de graves ennuis. C'est pourquoi, maintenant qu'il n'est plus gêné par la présence de Castellion, il cherche à lui être utile. Avec un empressement suspect, il envoie lettre sur lettre à ses amis pour leur dire la peine qu'il se donne à ce sujet : « Je souhaite, leur écrit-il, qu'il puisse facilement trouver quelque part un emploi, et je suis prêt pour ma part à l'y aider. » Mais Castellion ne se laisse pas fermer la bouche, ainsi que Calvin l'espérait. Il dit partout que c'est le despotisme intellectuel de celui-ci qui l'a obligé de quitter Genève, et par là il l'atteint à l'endroit le plus sensible, car jamais le dictateur n'a avoué exercer un pouvoir dictatorial et a toujours prétendu au contraire n'être que le serviteur le plus modeste de la communauté, le plus humble d'une lourde mission. Aussitôt le ton des lettres de Calvin change, la pitié qu'il éprouvait pour Castellion a tout d'un coup disparu. « Si vous saviez, se plaint-il à un de ses amis, ce que ce chien – c'est Sébastien que je veux dire – déblatère contre moi ! Il dit que c'est par ma tyrannie qu'il a été chassé du ministère pour que je puisse régner seul. »

En l'espace de quelques mois, le même homme dont Calvin écrivait qu'il était tout à fait digne de remplir le ministère sacré de serviteur de Dieu est devenu une « bestia », un « chien », et ce uniquement parce qu'il préfère subir la pire misère que de taire ses convictions.

*

Cette pauvreté héroïque volontairement acceptée par Castellion a provoqué l'admiration des contemporains. Montaigne remarque qu'il est regrettable qu'un homme d'aussi grand mérite que Castellion ait dû endurer une telle misère, et certainement, ajoute-t-il, il y en aurait eu beaucoup qui eussent été disposés à l'aider s'ils avaient été renseignés. Mais en réalité, les hommes ne se montrent nullement disposés à lui épargner le moindre souci. Des années s'écoulèrent avant qu'il trouve un emploi ne correspondant qu'à demi à ses capacités ; au début, aucune université ne l'appelle, aucun emploi de pasteur ne lui est offert : la dépendance politique dans laquelle se trouvent les villes suisses à l'égard de Calvin est déjà trop grande pour qu'on ose accorder un poste quelconque à l'adversaire du maître de Genève. C'est à grand-peine qu'il finit par trouver un modeste emploi de correcteur à l'imprimerie Oporin à Bâle. Mais ce travail irrégulier ne suffisant pas pour nourrir sa femme et ses enfants, il donne en même temps des leçons. Il lui faudra passer de nombreuses années dans cette misère quotidienne et écrasante avant que l'Université lui confie enfin une chaire de professeur de grec. Hélas ! ce poste plus honorable que lucratif ne lui permet pas de se libérer de corvées éternelles : toute sa vie cet homme aux connaissances universelles, que d'aucuns appellent même le plus grand savant de son époque, devra se livrer à des travaux inférieurs. C'est ainsi qu'il bêche lui-même le jardin de sa petite maison des faubourgs de Bâle ; et comme tous ces efforts de la journée ne lui rapportent pas encore assez pour entretenir sa nombreuse famille, Castellion passe ses nuits à mettre au point, corriger et traduire des ouvrages de toutes langues. C'est par milliers que se comptent les pages qu'il a transposées du grec, de l'hébreu, du latin, de l'italien, de l'allemand, pour les éditeurs de Bâle.

Cependant, cette longue misère, si elle mine sa santé, faible et délicate, ne réussit pas à affaiblir son esprit d'indépendance et son énergie morale. Castellion ne perd pas de vue un seul instant sa tâche véritable. Avec une inlassable persévérance, il continue à travailler à sa traduction de la Bible en latin et en français ; entre-temps, il publie des ouvrages de polémique, des commentaires et des dialogues. Il ne se passe pas de jour, pas de nuit, que Castellion ne travaille. Jamais cet éternel bûcheur n'a connu le plaisir du voyage, les joies de la détente, jamais non plus la récompense de la grande renommée ou de la richesse. Mais plutôt subir une pauvreté éternelle que trahir sa conscience, modèle grandiose de ces héros de l'esprit qui, méconnus du monde, mènent même dans l'obscurité la lutte pour la cause la plus sacrée : celle de l'indépendance de la pensée, de la liberté de conscience.

*

Le véritable duel entre Castellion et Calvin n'a pas encore commencé. Mais deux idées – dictature et liberté – se sont affrontées, deux hommes se sont regardés dans les yeux et se sont reconnus comme des adversaires irréconciliables. Il leur a été impossible de rester une heure de plus dans la même ville, de vivre dans la même atmosphère intellectuelle. Même maintenant qu'ils vivent séparés, l'un à Bâle, l'autre à Genève, ils continuent à s'observer d'un œil vigilant. Castellion n'oublie pas Calvin et Calvin n'oublie pas Castellion ; leur silence n'est qu'attente. Des antagonismes de ce genre, qui ne sont point issus de simples divergences d'opinions, mais représentent une opposition fondamentale entre deux conceptions du monde, ne peuvent pas vivre longtemps en paix. La liberté intellectuelle ne peut vivre à l'ombre d'une dictature, ni celle-ci se sentir sûre aussi longtemps qu'un seul esprit libre se maintient à l'intérieur de ses frontières. Cependant, il faut une occasion pour qu'explosent des tensions latentes. Ce n'est que lorsque Calvin allumera le bûcher de Servet que la parole sortira brûlante et accusatrice de la bouche de Castellion ; ce n'est que lorsque Calvin déclarera ouvertement la guerre à toute conscience libre que Castellion, à son tour, au nom de la conscience, lui déclarera une guerre à mort.

Le cas Servet

Il arrive que l'histoire choisisse parmi les millions d'individus qui composent l'humanité une seule figure pour en faire le symbole d'un conflit entre deux conceptions du monde. Il n'est pas nécessaire que ce soit un être exceptionnel. Souvent le destin prend au hasard un nom tout à fait ordinaire pour l'inscrire en lettres indélébiles dans la mémoire des hommes. Ce n'est donc pas un génie particulier, mais seulement sa fin effroyable, qui a fait de Michel Servet un personnage historique. Cet homme remarquable possède les dons les plus variés, mais qui n'arrivent pas à s'ordonner harmonieusement : une intelligence vive, éveillée, mutine, mais passant, tel un feu follet, d'un problème à l'autre, une volonté ardente d'arriver à la vérité, mais incapable d'aucune clarté créatrice. Aucune science n'arrive à fixer cet esprit faustien, quoiqu'il s'intéresse à toutes, franc-tireur à la fois de la philosophie, de la médecine et de la théologie, tantôt éblouissant par ses observations hardies, tantôt choquant par son charlatanisme. Certes, on trouve bien dans le registre de ses prédictions une découverte d'une portée immense, celle de la circulation du sang, mais il ne songe ni à la mettre en valeur avec méthode ni à l'approfondir scientifiquement : cette flamme de génie sortie des ténèbres du siècle s'éteint tel un éclair de chaleur isolé. Il y a dans ce chercheur solitaire une grande force intellectuelle, mais seule une volonté ardente constamment tendue vers un but fait d'un esprit puissant un esprit créateur.

Dans chaque Espagnol il y a un brin de don-quichottisme ; on l'a répété à satiété, mais jamais cette remarque n'a été aussi juste que dans le cas de Michel Servet. Ce n'est pas qu'extérieurement que cet Aragonais fluet, pâle, avec sa barbe en pointe, ressemble au long et maigre hidalgo de la Manche ; intérieurement aussi il est brûlé de la même passion grandiose et grotesque qui le pousse à combattre pour l'absurde et à se jeter, dans son idéalisme aveugle, contre tous les obstacles de la réalité. Complètement dénué d'esprit critique, découvrant ou affirmant toujours quelque chose de nouveau, ce chevalier errant de la théologie se lance à l'assaut de tous les remparts et moulins à vent de l'époque. Seuls l'attirent la folle aventure, l'absurde, l'extraordinaire, le danger ; mû par une humeur vive et belliqueuse, il lutte courageusement avec tous les autres ergoteurs de son genre, refusant de se rallier à aucun parti, à aucun clan, toujours isolé, et en même temps plein de fantaisie : bref une figure excentrique comme on en voit peu.

Il est fatal que des esprits aussi présomptueux finissent par se brouiller avec tous. Né à peu près la même année que Calvin, Servet n'est pas encore sorti de l'enfance qu'il est déjà en conflit avec le monde. À l'âge de quinze ans, il se voit contraint, pour échapper à l'Inquisition, de quitter son Aragon natal et de se réfugier à Toulouse, où il poursuit ses études. À sa sortie de l'Université, le confesseur de Charles Quint l'emmène, comme secrétaire, en Italie, et plus tard au congrès d'Augsbourg. Là, le jeune humaniste est entraîné comme tous les hommes de son époque dans la grande querelle religieuse. Son esprit turbulent placé devant la controverse historique qui oppose la vieille doctrine à la nouvelle entre en ébullition. Partout où l'on dispute, il veut disputer, partout où l'on cherche à réformer l'Église, il veut réformer, lui aussi, et, avec le radicalisme ordinaire de la jeunesse, il considère toutes les réformes comme beaucoup trop timides, tièdes, indécises. Luther, Zwingli et Calvin eux-mêmes, ces novateurs hardis, ne lui paraissent pas assez révolutionnaires dans la purification de l'Évangile parce qu'ils reprennent dans leur nouvelle doctrine le dogme de la Trinité. Intransigeant comme on l'est à vingt ans, il déclare tout simplement non avenu le concile de Nicée et rejette le dogme des trois hypostases comme incompatible avec l'unité de l'Être divin.

Une conception aussi révolutionnaire ne serait en soi pas du tout surprenante dans une époque à tel point bouleversée religieusement. Quand les valeurs ne sont plus reconnues, quand les lois commencent à vaciller, chacun cherche à affirmer son droit de penser d'une façon indépendante, sans aucun respect des traditions. Malheureusement, Servet prend aux théologiens querelleurs non seulement leur goût de la dispute, mais aussi leur défaut le plus grave, le fanatisme. Aussitôt, ce jeune homme veut démontrer aux chefs de la Réforme que leur effort de rénovation est insuffisant et que lui seul, Servet, est en possession de la vérité. Il se rend auprès de tous les grands savants de l'époque : il voit à Strasbourg Martin Bucer et Capito, à Bâle Œcolampade, pour leur demander de rayer au plus vite de la doctrine évangélique le dogme « erroné » de la Trinité. On s'imagine l'horreur avec laquelle les dignes prédicateurs et professeurs voient ce jeune étudiant espagnol faire brusquement irruption chez eux, et, avec toute l'impétuosité d'un tempérament hystérique, les sommer de changer immédiatement toutes leurs conceptions, de se rallier à sa thèse radicale. Comme s'ils avaient affaire au diable en personne, ils font le signe de la croix devant ce fougueux hérétique. Œcolampade le chasse de sa maison comme un chien galeux, l'appelle « Juif, Turc, blasphémateur et possédé du démon », Bucer le dénonce du haut de la chaire comme un suppôt de l'enfer, et Zwingli met le public en garde contre cet « Espagnol criminel dont la fausse doctrine prétend démolir toute notre religion chrétienne ».

Mais pas plus que le chevalier de la Triste Figure ne se laisse détourner de sa course vagabonde par les insultes et les coups, son compatriote Servet ne se laisse intimider par des raisonnements ou des rebuffades. Puisque les chefs ne veulent pas le comprendre, puisque les sages dans leur cabinet ne veulent pas l'écouter, la lutte se poursuivra ouvertement sur la place publique. Il écrira un livre où tout le monde chrétien pourra prendre connaissance de ses arguments. À l'âge de vingt-deux ans, Servet réunit ses dernières ressources et publie ses thèses à Haguenau. C'est le signal de la tempête. Du haut de la chaire, Bucer déclare ni plus ni moins que ce criminel mérite « qu'on lui arrache les entrailles », et dans les milieux protestants Servet est considéré à partir de ce moment comme l'envoyé du diable.

Il est clair que pour un homme qui a adopté une attitude aussi provocante à l'égard du monde entier, qui déclare erronées non seulement la doctrine catholique, mais aussi la doctrine protestante, il n'y a plus dans tout l'Occident chrétien un seul endroit, une seule maison où il puisse se réfugier, un seul toit où il puisse s'abriter. Dès le jour où Michel Servet s'est rendu coupable avec son livre d'« hérésie arienne », l'homme qui porte ce nom est plus traqué et menacé qu'une bête sauvage. Il n'y a plus pour lui qu'un seul moyen de salut : disparaître complètement sans laisser de traces, se rendre invisible, arracher de lui son nom comme une tunique empoisonnée. C'est ainsi que sous le nom de Michel de Villeneuve le proscrit retourne en France et entre comme correcteur chez un imprimeur de Lyon. Dans ce milieu, son dilettantisme ne tarde pas à trouver un nouveau stimulant. En corrigeant la géographie de Ptolémée, Servet se transforme soudain en géographe et fait précéder l'ouvrage d'une longue introduction. En révisant des livres de médecine, il prend goût à l'étude de la médecine : peu de temps après il s'y adonne même sérieusement. Il se rend à Paris pour compléter ses connaissances et travaille avec Vésale comme préparateur d'anatomie. Mais ici comme en théologie, le jeune homme commence, sans même avoir fini ses études, sans avoir vraisemblablement obtenu le grade de docteur, à vouloir enseigner et dépasser tous les autres : bientôt on le voit annoncer froidement à l'école de médecine de Paris un cours sur les mathématiques, la météorologie, l'astronomie et l'astrologie. Mais ce mélange d'astronomie et de médecine et certaines de ses pratiques charlatanesques ont vite fait de dresser contre lui les gens de métier. Servet-Villanovus entre en conflit avec les autorités et est, en fin de compte, accusé par le Parlement de causer de grands désordres avec son astrologie, science condamnée à la fois par les lois divines et humaines. Une fois de plus, il réussit à se mettre à l'abri et disparaît, de crainte que l'enquête officielle ne révèle sa véritable identité. Un beau matin, on apprend que le professeur Villanovus a quitté subrepticement Paris, comme autrefois le théologien Servet l'Allemagne. Pendant longtemps, on n'entend plus parler de lui. Et lorsqu'il fait sa réapparition, il porte déjà un autre masque : qui pourrait supposer que le nouveau médecin de l'archevêque Paulmier, de Vienne, ce pieux catholique, qui va tous les dimanches à la messe est un hérétique recherché par toutes les autorités, un charlatan condamné par le Parlement français ? En fait, Servet se garde prudemment de répandre à Vienne des thèses condamnables. Il mène une existence tout à fait calme et retirée, soigne et guérit de nombreux malades, gagne beaucoup d'argent, et respectueusement les braves bourgeois de la capitale se découvrent quand passe devant eux, digne et fier, dans sa grandeur espagnole, le médecin particulier de Son Éminence archiépiscopale, M. le docteur Michel de Villeneuve. Quel homme noble et pieux, quel savant modeste ! pensent-ils.

*

En réalité, l'hérétique n'est pas mort chez cet homme follement ambitieux, au plus profond de lui vit toujours le vieil esprit chercheur et turbulent. Quand une idée s'est emparée d'un penseur, elle le domine jusque dans ses fibres les plus intimes, entretenant en lui un feu qui ne s'éteint pas. Une pensée vivante ne veut pas vivre et mourir dans un individu, elle a besoin d'espace et de liberté. C'est pourquoi un moment vient toujours où il faut qu'elle sorte du cerveau qui l'a conçue, telle l'esquille d'un doigt ulcéré, l'enfant du corps de la mère, le fruit de son enveloppe. Un homme d'un tempérament aussi fougueux que celui de Servet ne peut supporter à la longue de garder pour soi la pensée qui est en lui et ne le quitte pas, il faut qu'il la fasse partager au monde entier. C'est pour lui, aujourd'hui comme hier, une souffrance de voir les chefs de l'Église évangélique prêcher les dogmes faux du baptême et de la Trinité, de voir comment la chrétienté continue à être souillée de ces erreurs « antichrétiennes ». N'est-ce pas son devoir de se mettre enfin en avant et d'apporter au monde le message de la vraie foi ? Toutes ces années de silence forcé ont dû lui peser terriblement. Le besoin de parler le presse, mais sa condition d'homme traqué l'oblige au silence. Dans cette situation douloureuse il essaie – désir bien compréhensible – de trouver tout au moins un frère de pensée, avec qui il puisse s'entretenir des questions religieuses. Comme à Vienne, il n'ose parler à personne de ces choses, c'est dans des lettres qu'il exprimera ses convictions théologiques.

Malheureusement, c'est à Calvin que l'aveugle accorde sa confiance. C'est au réformateur le plus hardi et le plus radical de la doctrine évangélique qu'il s'adresse pour exposer son interprétation plus sévère et plus osée encore de la Bible. Peut-être ne fait-il là que reprendre une conversation commencée autrefois, car les deux hommes se sont déjà rencontrés à Paris à l'époque de leurs études. Toujours est-il que ce n'est que bien des années plus tard, lorsque Calvin est devenu le maître de Genève et Michel de Villeneuve le médecin de l'archevêque de Vienne, qu'une correspondance s'établit entre eux par l'intermédiaire d'un libraire de Lyon. L'initiative est venue de Servet. Avec une insistance et même une indiscrétion inouïes, il s'efforce de gagner Calvin à sa

Théodore de Bèze (1519-1605)

lutte contre le dogme de la Trinité et lui écrit lettre sur lettre. Tout d'abord, Calvin ne répond qu'en essayant sur un ton doctrinaire de le faire changer d'idée. Conscient de son devoir, en tant que chef de l'Église, d'enseigner ceux qui se trompent, de ramener au bercail les brebis égarées, il s'efforce de démontrer à Servet ses erreurs ; mais finalement il s'indigne, tant contre la thèse hérétique de ce dernier que contre la façon arrogante avec laquelle il l'expose. Écrire comme le fait Servet à un homme aussi autoritaire que Calvin : « Je t'ai souvent averti que tu faisais fausse route en approuvant les différences monstrueuses des trois essences divines », c'est déjà exciter terriblement un adversaire aussi dangereux. Mais quand Michel de Villeneuve envoie à son auteur un exemplaire de l'*Institutio religionis Christianæ* dont il a rempli les marges de remarques, on peut s'imaginer l'état d'esprit avec lequel le maître de Genève accueille cette insolence d'un théologien amateur. « Servet se jette sur tous mes livres, chargeant toutes les marges d'injures, comme un chien qui eût mordu et rongé quelque pierre », écrit Calvin à son ami Farel. Mais il se refuse à disputer et perdre son temps avec un inguérissable brouillon de ce genre. Il repousse du pied « les arguments de cet individu dont il se soucie non plus que du hinhan d'un âne ».

Pourtant le malheureux Don Quichotte s'obstine au lieu de se rendre compte à temps contre quelle muraille de fer il est allé se jeter avec sa frêle lance. C'est précisément celui-là, qui ne veut rien savoir de lui, qu'il veut gagner à tout prix à son idée, et rien ne le détournera de son entreprise. Il agit vraiment, ainsi que l'écrit Calvin, comme s'il avait été possédé par un « Sathan ». Au lieu de se garder de son correspondant comme de l'adversaire le plus redoutable, il lui envoie même le manuscrit de l'ouvrage qu'il est en train de préparer. Si le texte est déjà de nature à exciter la colère de Calvin, que penser du titre ! Servet a intitulé son livre *Christianismi Restitutio*, pour bien montrer à tous qu'il faut opposer à l'*Institutio* de Calvin une *Restitutio.* Cette fois, le prosélytisme enragé de ce contradicteur et son importunité sans bornes lui sont insupportables. Il fait savoir au libraire Frellon, qui a servi jusqu'ici d'intermédiaire entre eux, qu'il a vraiment des choses plus importantes à faire que de gaspiller son temps avec un tel fou empli de fatuité. En même temps, il écrit à Farel, et ces mots auront plus tard une signification terrible : « Servet m'a écrit dernièrement et a joint à sa lettre un énorme volume de ses rêveries en m'avertissant avec une irrévérence fabuleuse que j'y verrais des choses étonnantes et inouïes… Il m'offre de venir ici, si cela me plaît… Mais je ne veux pas engager ma parole, car s'il vient, je ne souffrirai pas, pour peu que j'aie du crédit dans cette cité, qu'il en sorte vivant. »

*

Servet a-t-il eu vent de cette menace, ou Calvin l'a-t-il averti lui-même (dans une lettre qui ne nous aurait pas été conservée) ? Toujours est-il qu'il semble enfin avoir compris à quel adversaire terrible il s'est livré. Il paraît éprouver un malaise à l'idée que ce manuscrit compromettant, qu'il a envoyé à Calvin *sub sigillo secreti*, est entre les mains d'un homme qui a manifesté une telle hostilité à son égard. « Puisque tu crains, écrit-il à Calvin, que je sois pour toi un Satan, je m'arrête. Renvoie-moi donc mon manuscrit, et porte-toi bien. Mais si tu penses sincèrement que le pape est l'Antéchrist, tu dois être convaincu également que la Trinité et le baptême, qui forment une partie de la doctrine papale, sont des dogmes démoniaques. »

Calvin se garde bien de répondre et encore moins de rendre le manuscrit compromettant. Soigneusement, comme on fait d'une arme dangereuse, il enferme l'ouvrage hérétique dans un tiroir, pour pouvoir l'en tirer au moment voulu. Car après cette dernière discussion, ils savent l'un et l'autre qu'une lutte va commencer, et dans un sombre pressentiment Servet écrit à un théologien de ses amis : « Je sais que je dois mourir pour la cause de la vérité. Cette pensée n'abat point mon courage. Disciple, je vais sur les traces de mon Maître. »

*

C'est une chose dangereuse – chacun a pu s'en rendre compte : Castellion, Servet, et des centaines d'autres – que d'avoir contredit, ne fût-ce qu'une fois et sur un point de détail insignifiant, un lutteur aussi fanatique que Calvin. Car la haine spirituelle de celui-ci, comme tout dans son caractère, est inflexible et méthodique ; elle n'a rien des explosions de colère d'un Luther ou des emportements grossiers d'un Farel jaillissant brusquement et retombant l'instant d'après non moins brusquement. Sa haine est un ressentiment dur, aigu et coupant comme le métal, elle ne vient pas, comme les violences de Luther, du sang, du tempérament, de l'ardeur ou de la bile, mais du cerveau, et elle a une mémoire terrible. Il ne pardonne jamais ni à personne – « quand il a la dent contre quelqu'un ce n'est jamais fait », dit de lui le pasteur de la Mare –, et un nom qu'il a inscrit avec ce dur burin ne s'efface pas aussi longtemps que l'homme lui-même n'est pas effacé du livre de la vie. Si durant des années Calvin n'entend plus parler de Servet, cela ne signifie rien : il ne l'a pas oublié. Sans rien dire, il conserve dans son tiroir les lettres compromettantes, dans son carquois les flèches, dans son âme impitoyable l'animosité d'autrefois.

Pendant longtemps, Servet se tient en apparence tout à fait tranquille. Il a renoncé à convaincre celui qu'on ne convainc pas. Avec une abnégation calme et vraiment émouvante, le médecin particulier de l'archevêque travaille secrètement à sa *Restitutio*, qui, comme il l'espère, l'emportera en vérité sur la Réforme de Calvin, de Luther et de Zwingli, et conduira enfin le monde au vrai christianisme. Car Servet n'est nullement ce « contempteur cyclopéen de l'Évangile » que décrira plus tard Calvin, ni le libre penseur et l'athée qu'on célèbre parfois aujourd'hui. Il est toujours resté dans le cadre de la religion, toujours il s'est senti un pieux chrétien, dont le devoir est de mettre sa vie au service de sa foi ; on en trouve le témoignage dans l'appel suivant de la préface de son livre : « Ô Jésus-Christ, fils de Dieu… »

*

Servet se rendait parfaitement compte du danger auquel l'exposait la publication de son livre ; les mesures particulières de précaution qu'il prend pour l'impression en sont d'ailleurs la preuve. Car c'était une entreprise bien téméraire pour le médecin de l'archevêque de faire imprimer dans la petite ville bavarde de Vienne un ouvrage hérétique de sept cents pages ! Non seulement l'auteur, mais aussi l'imprimeur et ses ouvriers y risquaient leur vie. Cependant, Servet sacrifie volontiers l'argent qu'il a péniblement acquis au cours de nombreuses années de travail pour venir à bout de toutes les hésitations et faire éditer secrètement son livre en dépit de l'Inquisition. Par prudence, on transporte la presse dans une maison à l'écart, louée intentionnellement par l'auteur. Là, les gens sûrs qui se sont engagés par serment à garder le secret travaillent sans attirer l'attention à l'impression du livre hérétique et, bien entendu, l'ouvrage une fois terminé, on se garde soigneusement d'indiquer le lieu où il a été imprimé et édité. Ce n'est que sur la dernière page que Servet a la maladresse de faire mettre au-dessus de l'année de la publication les initiales dénonciatrices M. S. V : (Michel Servet Villanovus), fournissant ainsi aux sbires de l'Inquisition la preuve irréfutable de sa culpabilité.

*

Mais Servet n'a pas besoin de se trahir lui-même. La haine de son inexorable adversaire, qui semble sommeiller mais qui en réalité est constamment en éveil, ne l'épargnera pas. Le service de surveillance que Calvin a organisé à Genève d'une façon méthodique, et dont les mailles sont de plus en plus serrées, fonctionne également dans les pays voisins, et en France, même, avec plus de précision que l'Inquisition papale. L'ouvrage n'a pas encore paru en fait, les mille volumes empaquetés sont toujours à Lyon où la voiture qui doit les transporter à la foire de Francfort n'est pas encore arrivée, et déjà Calvin en a un exemplaire entre les mains (Servet en a pourtant distribué si peu qu'aujourd'hui on n'en retrouve plus que trois exemplaires en tout). Aussitôt le dictateur de Genève se met à l'œuvre pour supprimer d'un seul coup l'hérétique et son livre.

Cette première tentative (peu connue) de se débarrasser de Servet est en vérité plus révoltante encore par son hypocrisie que ne le sera plus tard le meurtre public sur la place du Marché de Champel. Car si Calvin, après avoir reçu l'ouvrage considéré par lui comme hérétique, voulait livrer son adversaire aux autorités ecclésiastiques, il avait un moyen franc et honnête. Il lui suffisait, étant en chaire, de mettre la chrétienté en garde contre ce livre, et l'Inquisition catholique aurait eu vite fait d'en découvrir l'auteur, même à l'ombre d'un palais archiépiscopal. Mais le chef de la Réforme épargne à l'Office papal la peine de la recherche. C'est en vain que les panégyristes de Calvin ont essayé de le défendre sur ce sombre point. Dans les relations ordinaires de la vie, Calvin – la chose ne fait aucun doute – est un homme extrêmement droit et sincère, pieux et sans tache, mais il perd immédiatement tout scrupule dès qu'il s'agit de son dogme, de la « cause ». Pour sa doctrine, pour son parti, il est prêt à approuver tous les moyens, pourvu qu'ils soient efficaces. À peine est-il en possession du livre de Servet qu'un de ses amis les plus proches, un réfugié protestant du nom de Guillaume de Trie, envoie de Genève – le 16 février 1553 – une lettre en France à son cousin Antoine Arneys, catholique aussi fanatique que l'est de Trie dans sa religion. Dans cette lettre, il commence par vanter d'une façon tout à fait générale la sévérité avec laquelle la protestante Genève réprime toutes les menées hérétiques, alors que dans la France catholique on laisse croître librement cette mauvaise herbe. Mais soudain le bavardage amical prend un tour terriblement sérieux : c'est ainsi, écrit de Trie, qu'il y a actuellement en France un hérétique « qui mérite bien d'être brûlé partout où il sera ».

Ici on ne peut réprimer un tressaillement de frayeur. Car cette phrase s'accorde trop avec la menace dangereuse faite quelques années auparavant par Calvin lorsqu'il déclarait que si Servet mettait un jour les pieds sur le territoire de Genève, il ferait le nécessaire pour qu'il n'en sortît pas vivant. Mais de Trie, l'ami de Calvin, est encore plus net dans la suite de sa lettre. Il précise qu'« il s'agit d'un Espagnol aragonais, du nom de Michel Servet, qui se fait appeler Michel de Villeneuve et qui exerce la profession de médecin », et il joint à cette dénonciation le titre imprimé du livre, le sommaire, ainsi que les quatre premières pages.

Cette mine genevoise est posée d'une façon trop habile pour ne pas exploser à l'endroit voulu. Tout se passe exactement comme l'escomptait le bon ami de Calvin. Le pieux cousin catholique Arneys, hors de lui, vole avec la lettre auprès des autorités ecclésiastiques de Lyon ; le cardinal fait appeler en toute hâte l'inquisiteur du pape, Pierre Ory. Avec une rapidité inquiétante, la roue mise en branle par Calvin se met en marche. C'est le 16 février que la dénonciation est partie de Genève, et déjà le 16 mars Michel de Villeneuve est invité à s'expliquer à Vienne.

Mais, amère déconvenue pour les pieux dénonciateurs de Genève et chose extraordinaire, la mine n'éclate pas. Quelque main secourable a dû couper le cordon. Il est même à présumer que c'est l'archevêque de Vienne en personne qui a prévenu à temps son médecin. Lorsque l'inquisiteur se présente à

Vienne, la presse a disparu magiquement de l'endroit où elle avait été transportée, cependant que les ouvriers déclarent et jurent leurs grands dieux n'avoir jamais imprimé un livre de cette sorte et que le médecin Villanovus, qui jouit de la considération générale, nie avec indignation avoir quoi que ce soit de commun avec Michel Servet. Fait remarquable, l'Inquisition se contente de ces dénégations, indulgence qui confirme la supposition qu'une main puissante a dû protéger le « coupable ». Au lieu de recourir aux méthodes habituelles de torture, le tribunal laisse Villeneuve en liberté, l'inquisiteur rentre bredouille à Lyon, où l'on fait savoir à Arneys que les informations fournies par lui n'ont malheureusement pas suffi pour établir une accusation. Le plan de Calvin, visant à se débarrasser de Servet par l'intermédiaire de l'Inquisition, semble avoir échoué. Et sans doute cette sombre affaire eût-elle été oubliée si Arneys n'avait alors écrit à Genève pour prier son cousin de Trie de lui envoyer de nouvelles et plus solides preuves.

*

Jusqu'ici, on pouvait encore penser, en faisant montre de beaucoup d'indulgence, que c'était uniquement poussé par son zèle religieux que de Trie avait parlé à son cousin de Servet, qu'il ne connaissait pas, et que ni lui ni Calvin ne s'étaient doutés que leur dénonciation pourrait être transmise aux autorités catholiques. Mais maintenant que la machine judiciaire est en marche, ils savent tous les deux que ce n'est pas par simple curiosité personnelle mais pour le compte de l'Inquisition qu'Arneys leur demande de nouvelles preuves. Il semble donc qu'un pasteur évangélique devrait frissonner d'horreur à l'idée de servir d'espion à ceux qui, tout récemment, ont encore brûlé vifs plusieurs protestants. Servet lancera d'ailleurs plus tard avec raison à la face de Calvin cette apostrophe : « Ce n'est point l'état d'un ministre de l'Évangile d'être accusateur criminel ni de poursuivre judiciairement un homme à mort. »

Mais dès qu'il s'agit de sa doctrine, il faut le répéter encore, Calvin perd toute mesure et tout sentiment humain. Servet doit être supprimé, peu importe les moyens ou les armes auxquels il faille recourir. La nouvelle lettre que de Trie adresse à son cousin Arneys est un chef-d'œuvre d'hypocrisie. De Trie commence par faire semblant d'être très étonné que la précédente ait été transmise à l'Inquisition. Sa communication, il ne l'avait faite que « privément à lui seul ». « Mon intention, dit-il, était seulement de montrer quel était le beau zèle religieux de ceux qui s'intitulent les piliers de l'Église. » Pourtant, à présent qu'il sait qu'on prépare un bûcher, au lieu de refuser de continuer à fournir des matériaux à l'Inquisition, il déclare avec un pieux battement de cils que du moment que la faute a été commise, « c'est que Dieu l'a voulu pour le bien, afin que la chrétienté soit débarrassée d'une telle engeance et peste mortelle ».

Et il se produit une chose incroyable : le protestant convaincu remet à l'Inquisition catholique les preuves les plus accablantes qu'on puisse imaginer, à savoir des lettres écrites de la main de Servet et des fragments du manuscrit de son livre. Maintenant, le tribunal de l'Inquisition va pouvoir commencer son travail d'une façon commode et rapide.

Des lettres de Servet ? Mais comment et où de Trie, à qui il n'a jamais écrit, a-t-il pu se les procurer ? Maintenant, il n'y a plus moyen de ruser : il faut que Calvin sorte de l'ombre où il aurait bien voulu rester caché. Ces lettres, ce sont bien entendu celles qui lui ont été adressées, et les fragments sont ceux du manuscrit qui lui a été envoyé. Et – ceci est décisif – il sait pour qui il a sorti ces écrits de son tiroir. Il n'ignore pas à qui ils doivent être remis : à ces mêmes « papistes » qu'il dénonce tous les jours du haut de la chaire comme des « suppôts de Satan », et qui torturent et brûlent ses disciples. Il sait parfaitement pourquoi le grand inquisiteur a un besoin si pressant des preuves écrites : pour pouvoir conduire Servet au bûcher.

C'est en vain, par conséquent, qu'il essayera plus tard, mû par le sentiment très net de la laideur de son acte, de le voiler par ces sophismes :

« Le bruit vole çà et là que j'ai pratiqué que Servet fut pris par la papauté, à savoir à Vienne. Sur cela, plusieurs disent que je ne me suis pas honnêtement porté, en l'exposant aux ennemis mortels de la foi, comme si je l'eusse jeté en la gueule des loups. Mais je vous prie, d'où me serait venue soudain une telle privauté avec les satellites du pape ? Voilà une chose bien croyable que nous communiquons ensemble par lettres, et que ceux qui s'accordent avec moi aussi bien comme Bélial avec Jésus-Christ complotent avec un ennemi si mortel comme avec leur compagnon. »

Lorsque Calvin demande par quel moyen il aurait pu entrer en rapport avec les satellites du pape, les documents lui donnent une réponse écrasante : par l'intermédiaire direct de son ami de Trie, qui d'ailleurs, dans sa lettre à Arneys, avoue lui-même tout à fait naïvement la complicité de Calvin. « Je dois reconnaître, écrit-il, qu'il m'a été très difficile d'obtenir de M. Calvin les pièces que je vous envoie. Non pas qu'il ne désire que de tels blasphèmes exécrables soient réprimés, mais parce qu'il considère de son devoir de convaincre les hérétiques au moyen de la doctrine, et non pas de les poursuivre avec le glaive de la justice. » Vainement, le maladroit défenseur s'efforce de détourner les responsabilités du véritable coupable en écrivant : « Mais j'ai tant importuné M. Calvin, lui exposant les reproches de légèreté qui m'en pourraient advenir s'il ne m'aidait, qu'à la fin il s'est accordé à me bailler ce que vous verrez. » Les faits parlent ici d'une façon impitoyablement irréfutable : de bon ou de mauvais gré, peu importe, Calvin a livré aux « satellites du pape » les lettres personnelles que Servet lui avait adressées. Ce n'est que par sa collaboration consciente que de Trie a pu joindre à sa lettre à Arneys – en réalité adressée à l'Inquisition papale – les preuves meurtrières et terminer ainsi sa lettre : « Il me semble qu'à cette heure, vous êtes garni d'assez bons gages, et qu'il n'y a plus maintenant aucune difficulté pour s'emparer de Servet et lui faire son procès. »

*

On raconte que lorsqu'ils reçurent ces preuves définitives contre l'hérétique Servet, grâce au zèle aimable de l'hérétique Calvin, leur ennemi mortel, le cardinal de Tournon et le grand inquisiteur Ory partirent d'un violent éclat de rire. On comprend parfaitement la bonne humeur de ces princes de l'Église ; car le style papelard de De Trie cache mal la complaisance du chef du protestantisme, son désir d'aider l'Inquisition à brûler un hérétique. De telles pratiques n'étaient pas jusqu'alors d'usage entre les deux religions, qui se combattent avec acharnement par le fer et le feu, par la potence et la roue dans tous les pays du monde. Mais aussitôt après ce moment de détente joyeuse, les inquisiteurs se mettent à l'œuvre énergiquement. Servet est arrêté, jeté en prison et interrogé d'urgence. Les lettres fournies par Calvin constituent une preuve si écrasante que l'accusé est bientôt obligé de reconnaître et la paternité du livre et le fait que Michel de Villeneuve et Michel Servet ne font qu'un. Sa cause est perdue. Bientôt le bûcher va flamber à Vienne.

Mais une deuxième fois, l'espoir du dictateur de Genève de voir ses ennemis mortels le débarrasser de Servet s'avère prématuré. Soit que celui-ci, qui est très aimé comme médecin dans la ville, ait trouvé d'excellents auxiliaires, ou, ce qui est encore plus probable, que les autorités ecclésiastiques se soient offert le plaisir de montrer un peu de négligence justement parce que Calvin avait un besoin si pressant de faire monter cet homme sur le bûcher, et en pensant qu'il valait mieux laisser échapper un hérétique sans aucune influence que d'être agréable à l'organisateur et au propagateur mille fois plus dangereux de toutes les hérésies – toujours est-il que Servet est soumis à une surveillance extrêmement molle. Alors que d'ordinaire les hérétiques sont enfermés dans d'étroits cachots et attachés au mur par des anneaux de fer, on lui permet, par exemple, de faire chaque jour des promenades dans le jardin. C'est ainsi qu'il parvient à s'évader au cours d'une de ces sorties. Le geôlier ne retrouve plus que sa robe de chambre et l'échelle avec laquelle il a escaladé le mur. Faute de pouvoir brûler l'homme en chair et en os, on se contentera de le brûler en effigie sur la place du Marché de Vienne, ainsi que cinq ballots d'exemplaires de sa *Restitutio.* Le plan de Calvin, qui était de faire appel à des mains étrangères pour supprimer un adversaire, a échoué. S'il continue à poursuivre Servet de sa haine et persiste à vouloir le faire mourir pour ses seules convictions, c'est les mains souillées de son sang qu'il devra en répondre devant le tribunal de l'histoire.

Meurtre de Servet

Après son évasion, Servet disparaît pendant quelques mois sans laisser de traces. Personne ne connaîtra jamais les terreurs morales que le fugitif a vécues jusqu'à ce jour du mois d'avril 1543 où il entre, sur un cheval de louage, dans Genève, l'endroit du monde le plus dangereux pour lui, et descend à l'auberge de la Rose.

La raison pour laquelle cet homme, guidé par sa mauvaise étoile, ce *malis auspiciis appulsus*, comme Calvin lui-même dira plus tard, cherche asile précisément à Genève, demeurera inexplicable. Ne voulait-il passer qu'une nuit dans cette ville pour fuir le lendemain en bateau de l'autre côté du lac ? Espérait-il mieux convaincre son mortel ennemi de vive voix que par lettre ? Ou son voyage à Genève n'était-il qu'un de ces actes irréfléchis causés par une surexcitation nerveuse, un ardent et voluptueux besoin de jouer avec le danger comme il en prend justement aux hommes en proie au plus violent désespoir ? On l'ignore, on ne le saura jamais. Interrogatoires et procès-verbaux n'apportent aucun éclaircissement sur les mystérieux motifs qui ont amené Servet à Genève où il ne pouvait s'attendre qu'au pire de la part de Calvin.

Mais l'infortuné pousse encore plus loin sa folle et provocante audace. À peine arrivé, Servet se rend à l'église, un dimanche, où toute la communauté calviniste est réunie. Mieux encore – nouvelle folie –, parmi toutes les églises de la ville, il choisit justement Saint-Pierre où prêche Calvin, l'homme qui depuis le temps lointain de leur séjour commun à Paris connaît à fond chaque trait de son visage. Servet agit sous l'empire d'un hypnotisme psychique qui échappe au raisonnement : est-ce le serpent qui cherche le regard de sa victime, ou n'est-ce pas plutôt la victime qui cherche le regard d'acier, terriblement attirant de l'adversaire ? En tout cas une puissance mystérieuse semble avoir poussé Servet au-devant de son destin.

Dans une cité où l'autorité oblige chacun à surveiller son voisin, un étranger éveille inévitablement la curiosité. Aussitôt, ce qui devait arriver se produisit ; Calvin reconnaît le loup au milieu de son pieux troupeau et donne immédiatement l'ordre à ses sbires d'arrêter Servet à la sortie de l'église. Une heure plus tard, il est dans les fers.

Certes, cette arrestation est une illégalité manifeste. Servet est étranger, il est espagnol, c'est la première fois qu'il met le pied à Genève : il n'a donc pu y avoir commis un délit qui entraînât son incarcération. Les livres qu'il a écrits ont été imprimés à l'étranger : par conséquent il ne peut avoir excité personne à la révolte ni avoir contaminé aucune âme bien-pensante de la ville par ses idées hérétiques. D'autre part, un « prédicateur de la parole divine », un personnage ecclésiastique, n'avait en aucune façon le pouvoir de faire arrêter et mettre en prison quelqu'un sur le territoire de Genève sans arrêté préalable des tribunaux. Considérée de ce point de vue, l'action de Calvin contre Servet constitue un acte arbitraire et dictatorial d'une portée historique comparable dans son mépris évident des conventions et des lois à l'enlèvement et à l'assassinat du duc d'Enghien par Napoléon.

*

Servet a été arrêté et jeté en prison sans être sous le coup d'une accusation. Il va falloir fabriquer maintenant une culpabilité. Il serait donc logique que l'homme à l'instigation de qui l'arrestation a été opérée – *me auctore*, avoue Calvin – comparût à titre d'accusateur. Suivant la loi genevoise, loi véritablement exemplaire, tout citoyen qui en accuse un autre doit accompagner l'inculpé en prison et y rester jusqu'à ce que son accusation soit reconnue valable. Ainsi Calvin, pour accuser légalement Servet, devrait se mettre à la disposition de la justice. Mais le théocrate de Genève estime que c'est bon pour les autres de se soumettre à une procédure aussi ennuyeuse. Prévoyant comme toujours, il préfère assigner à son secrétaire Nicolas de la Fontaine le rôle ingrat qui lui incombe. C'est ainsi que ledit secrétaire se rend tranquillement en prison à sa place dès qu'il a remis au tribunal une accusation contre le détenu rédigée par Calvin comportant vingt-trois points : une comédie prélude à la tragédie. Après l'éclatante illégalité dont a été victime Servet, on redonne à l'affaire, extérieurement du moins, l'apparence d'une procédure ; on fait subir à l'« hérétique » un interrogatoire, et on lui communique, exposés dans une série de procès-verbaux, les différents faits qui lui sont reprochés. À ces questions et à ces inculpations, Servet répond avec calme ; son énergie n'a pas encore été brisée par la détention, ses nerfs sont intacts. Point par point il réfute les accusations de son adversaire et, par exemple, comme on lui reproche d'avoir attaqué dans ses écrits la personne de M. Calvin, il réplique qu'on a interverti les faits ; c'est Calvin qui l'a attaqué le premier, et lui, de son côté, n'a fait que démontrer que Calvin non plus n'était pas toujours infaillible. Si celui-ci l'accuse de montrer un attachement obstiné à certaines thèses, il pourrait lui reprocher le même entêtement. Il ne s'agit entre eux que d'un différend théologique, qui ne peut être tranché par un tribunal séculier ; si Calvin l'a fait arrêter, il ne faut voir là qu'un acte de vengeance personnelle. C'est le chef du protestantisme et personne d'autre qui l'a dénoncé naguère à l'Inquisition, et il n'a pas tenu au prédicateur de la parole de Dieu qu'il n'ait déjà été brûlé depuis longtemps.

La position juridique de Servet était à ce point inattaquable que le Conseil, vite assez bien disposé à son égard, se serait probablement contenté de prononcer contre lui la peine du bannissement. Mais Calvin devait avoir remarqué à certains symptômes que la cause de son adversaire n'était pas en mauvaise voie et qu'il pourrait bien à la fin lui échapper encore une fois. Le 17 août, il apparaît soudain devant le Conseil et montre qu'il est loin d'être étranger à cette affaire. Il descend ouvertement dans l'arène ; il avoue être le véritable accusateur de Servet en demandant au tribunal l'autorisation de prendre part dès ce jour aux interrogatoires, sous le prétexte « de mieux pouvoir démontrer à l'inculpé ses erreurs », en réalité pour peser par sa présence sur la décision des juges et empêcher la libération de sa victime.

À partir du moment où Calvin s'immisce de sa propre autorité entre l'accusé et ses juges, la cause de Servet se gâte sérieusement. L'adroit logicien, le savant juriste qu'il est, s'entend autrement à mener une attaque que son petit secrétaire de la Fontaine, et l'assurance de l'accusé diminue dans la mesure où l'accusateur montre sa force. Le fougueux Espagnol perd manifestement le contrôle de ses nerfs en voyant tout à coup son accusateur et mortel ennemi assis à côté de ses juges, froid, sévère, l'interrogeant avec une apparence d'objectivité absolue, mais fermement décidé, Servet le sent au fond de lui-même, à le prendre en défaut et à l'étrangler. Une violente colère, une funeste ardeur belliqueuse, s'empare du malheureux sans défense ; au lieu de rester tranquillement sur ses positions, il se laisse entraîner par les questions insidieuses de Calvin sur le terrain glissant des discussions théologiques et s'expose au danger par amour de la chicane. Déjà son affirmation que le diable fait aussi partie de la substance divine suffit à faire courir un frisson dans le dos des pieux conseillers. Bientôt le Don Quichotte de la théologie, excité dans son amour-propre, s'étend sans la moindre retenue sur les articles de foi les plus subtils et les plus épineux comme si ces messieurs assis en face de lui étaient des théologiens éclairés devant lesquels il pût disserter sur la vérité en toute liberté. Mais ce sont précisément cette fureur de discourir et cette passion de la discussion qui rendent Servet suspect à ses juges. Ils commencent à se ranger de plus en plus à l'avis de Calvin : cet étranger qui parle les yeux étincelants et les poings serrés contre les docteurs de leur Église doit être un agitateur dangereux pour la paix spirituelle, et très certainement un hérétique invétéré. Il serait bon en tout cas de mener une enquête sérieuse à son sujet. On décide de le maintenir en état d'arrestation et, par contre, de relâcher son accusateur, Nicolas de la Fontaine. Calvin a fait triompher sa volonté et il écrit avec joie à un ami : « J'espère qu'il sera condamné à mort. »

*

Pourquoi Calvin désire-t-il si vivement que Servet soit condamné à mort ? Pourquoi ne se contente-t-il pas d'un triomphe plus modeste, par exemple de le voir expulsé du pays ? La première impression qu'on ressent, c'est qu'il assouvit dans cette affaire une vengeance privée. Cependant, Calvin ne hait pas plus en réalité Servet qu'il ne hait Castellion ni que quiconque s'insurgeant contre son autorité. Supprimer tous ceux qui osent enseigner autre chose que ce qu'il enseigne est pour lui un devoir, et s'il cherche en ce moment précis à agir envers Servet avec toute la rigueur dont il est capable, ce n'est pas pour des raisons personnelles, mais politiques : Michel Servet, rebelle à son autorité, doit payer pour un autre adversaire de son orthodoxie, l'ancien dominicain Hieronymus Bolsec, qu'il aurait voulu de même faire condamner pour hérésie et qui lui avait échappé de la façon la plus vexante. Ce Bolsec, médecin des plus éminentes familles de Genève et jouissant à ce titre de la considération générale, avait attaqué publiquement le point le plus vulnérable de la doctrine calviniste : la croyance rigide en la prédestination. Se servant des mêmes arguments qu'Érasme avait employés dans la même question contre Luther, Bolsec avait déclaré absurde l'idée que Dieu, principe du Bien, pût sciemment et volontairement inspirer et faire commettre aux hommes les pires forfaits. On sait de quelle façon peu courtoise Luther accueillit les objections d'Érasme, et quelles bordées d'injures il lâcha contre le vieil et sage humaniste. Tout colérique, tout grossier et violent qu'il fût, Luther répondit cependant aux réfutations d'Érasme, et il ne lui vint pas un instant à l'idée d'accuser son adversaire d'hérésie et de le faire traduire en justice parce qu'il pensait autrement que lui. Mais Calvin, imbu de son infaillibilité, considère implicitement un contradicteur comme un hérétique ; une attaque contre les dogmes de son Église est pour lui synonyme de crime d'État. Aussi, au lieu de répondre à Bolsec en théologien, il le fait jeter en prison.

L'exemple qu'il voulait faire avec Hieronymus Bolsec devait subir un échec inattendu et humiliant. Trop de Genevois connaissaient le savant comme un homme craignant Dieu, et, si vivement que Calvin pressât le Conseil, ses membres n'osèrent pas prononcer la condamnation pour hérésie qu'il leur demandait. Pour ne pas avoir à prendre de décision, ils se déclarèrent incompétents dans les questions théologiques. Ils ne pouvaient, dirent-ils, en présence de ce cas difficile, que consulter les autres Églises de Suisse. Mais cette consultation sauvait Bolsec, car les Églises réformées de Zurich, de Berne et de Bâle se refusèrent d'un commun accord à reconnaître dans les théories de l'inculpé l'expression de sentiments blasphématoires. Calvin dut lâcher sa victime et se contenter de la voir quitter la ville.

Seul un autre procès pour hérésie pouvait faire oublier cette défaite publique de son autorité théologique. Servet doit payer pour Bolsec, et dans cette nouvelle tentative les chances de succès sont infiniment meilleures. Servet est étranger, espagnol ; il n'a pas comme Castellion, comme Bolsec, de partisans, d'admirateurs ni d'amis à Genève. De plus, il y a longtemps qu'il est haï par tout le clergé protestant pour ses attaques effrontées contre la Trinité et à cause de ses manières provocantes. Il sera peut-être plus facile de faire un exemple avec cet « en dehors », cet être désarmé ; c'est pourquoi, dès le début, ce procès fut un procès purement politique. Si Calvin n'avait voulu que se débarrasser de son adversaire théologique, les circonstances le servaient à souhait. À peine l'instruction a-t-elle commencé qu'un émissaire de la justice française se présente et réclame que le fugitif, déjà condamné en France, soit extradé et transféré à Vienne, où le bûcher l'attend. Quelle occasion unique de se défaire en silence d'un contradicteur abhorré ! Les syndics genevois n'avaient qu'à accorder l'extradition, et la fâcheuse affaire Servet eût été terminée pour Genève. Mais Calvin s'y oppose. On renvoie le délégué des tribunaux français sans lui donner satisfaction ; le dictateur veut poursuivre jusqu'au bout ce procès dans son propre ressort, afin d'y ériger en loi le principe que quiconque essayera de contredire sa doctrine le fera au péril de sa vie.

*

À Genève, amis et ennemis ne tardent pas à s'apercevoir que l'affaire Servet n'est pour Calvin qu'une nécessité politique. Rien de plus naturel, par conséquent, que ses adversaires fassent tout pour ternir l'éclat de l'exemple qu'il veut donner. Bien entendu, ces politiciens se soucient fort peu de Servet lui-même ; le malheureux n'est pas autre chose pour eux qu'un jouet, qu'un sujet d'expérience, le levier qui leur servira à ébranler la puissance du dictateur, et, au fond, il leur est à tous égal que l'outil se brise dans leurs mains au cours de cette tentative. C'est ainsi que ces dangereux amis rendent à Servet le pire des services en remontant son moral défaillant par de faux bruits et en lui faisant parvenir dans sa prison des messages secrets, dans lesquels on le pousse à tenir tête hardiment à Calvin. Ils ont tout intérêt à ce que le procès soit aussi mouvementé, aussi sensationnel que possible : plus Servet se défendra énergiquement, plus il attaquera l'adversaire exécré avec fureur, mieux cela vaudra.

Hélas ! il n'en fallait pas tant pour faire perdre la tête à cet homme déjà irréfléchi de son naturel. La dure captivité qu'il subit a depuis longtemps contribué à mettre l'exalté dans un état de rage sans bornes. Servet, en effet, est traité avec une cruauté consciente et raffinée. Depuis des semaines, on tient enfermé dans un cachot humide et glacial, les pieds et les mains enchaînés comme un criminel, cet homme nerveux, malade, hystérique et qui se sait innocent. Ses vêtements pourrissent sur son corps grelottant ; les lois les plus élémentaires de l'hygiène sont violées à son égard, il ne peut recevoir le moindre secours du dehors. Dans sa profonde misère, Servet adresse aux syndics une lettre émouvante pour réclamer un peu plus d'humanité : « Je suis dévoré vivant par les poux, écrit-il, mes chausses sont en lambeaux, je n'ai pas de pourpoint de rechange, pas de linge. » Mais une main mystérieuse – on croit la connaître, cette main inhumaine, cet étau qui brise toutes les résistances – s'oppose à toute amélioration, malgré les ordres du Conseil, du sort de Servet. On continue à le laisser croupir dans sa fosse suintante comme un chien galeux sur un tas de fumier. Quelques semaines plus tard, alors qu'il étouffe littéralement dans l'ordure, il jette dans une seconde lettre des cris de détresse encore plus affreux : « Pour l'amour du Christ, je vous supplie de ne pas me refuser ce que vous accorderiez à un Turc ou à un criminel. On n'a pas exécuté les ordres que vous aviez donnés de me tenir propre. Je suis dans un état plus lamentable que jamais. Il est vraiment cruel de me refuser les moyens de satisfaire des besoins naturels. »

Servet a beau se plaindre, sa situation épouvantable reste la même. Est-ce étonnant alors, si chaque fois qu'on le sort de son cachot humide, les membres enchaînés, le malheureux, qui se sent avili dans ses haillons infects, est pris d'un véritable accès de rage en voyant assis en face de lui, à la table des juges – vêtu d'une robe noire soigneusement brossée, frais et dispos – et le traitant en criminel, l'homme avec lequel il avait pensé engager un débat théologique d'égal à égal ? N'est-il point fatal que tourmenté par d'odieuses questions, irrité par de perfides insinuations qui pénètrent au plus profond de lui-même, il perde tout sang-froid et toute prudence, et accable son bourreau des plus horribles imprécations ? « Nieras-tu – jette-t-il fanatiquement à la face de celui à qui il doit toutes ces persécutions – que tu es un assassin ? Je le prouverai par tes actes. Pour moi je suis sûr de l'équité de ma cause et ne crains pas la mort. Toi, tu cries comme un aveugle dans le désert, parce que le démon de la vengeance te brûle le cœur. Tu as menti, tu as menti, ignorant, calomniateur ! La colère bouillonne en toi, quand tu t'acharnes contre quelqu'un. Je voudrais que toute ta magie fût encore dans le ventre de ta mère et qu'il me fût donné de dénoncer toutes tes erreurs. » Dans son fol emportement, le malheureux Servet oublie son impuissance ; l'écume à la bouche et faisant caqueter ses chaînes, l'insensé demande à l'assemblée qui va le juger de punir à sa place le criminel Calvin, le dictateur de Genève. « C'est pourquoi, magicien qu'il est, il doit non seulement être reconnu coupable et condamné, mais encore être expulsé de la ville, et sa fortune doit m'échoir en compensation de celle qu'il m'a fait perdre. »

Inutile de dire que les dignes conseillers frémissent d'horreur à ces paroles ; cet homme décharné, livide, épuisé, à la barbe hirsute, aux yeux fulgurants, qui profère dans un langage bizarre les plus monstrueuses accusations contre leur chef, doit leur faire involontairement l'effet d'un possédé, d'un envoyé de Satan. Aussi les dispositions des juges à l'égard de l'accusé sont-elles de moins en moins favorables après chaque interrogatoire. À vrai dire, le procès devrait déjà être terminé et la condamnation de Servet acquise. Mais les ennemis politiques de Calvin ont tout intérêt à faire traîner les débats en longueur, parce qu'ils ne veulent pas lui accorder la satisfaction de voir son contradicteur frappé par la loi. C'est ainsi qu'ils font une dernière tentative pour sauver Servet en demandant, comme pour Bolsec, que les autres synodes réformés de Suisse se prononcent sur ses opinions. Peut-être pourront-ils, cette fois encore, arracher à Calvin la victime de son dogmatisme.

*

Mais Calvin sait trop bien lui-même que son autorité est en jeu en ce moment. Il ne se laissera pas jouer une seconde fois. Il prend ses mesures en temps voulu. Tandis que sa malheureuse victime sans défense pourrit dans son cachot, il rédige lettre sur lettre à l'adresse des consistoires de Zurich, de Bâle, de Berne et de Schaffhouse, pour influencer leur jugement. Une circonstance fait accueillir favorablement la pression exercée par Calvin : Servet est considéré par tous les théologiens de la Réforme comme un perturbateur, « l'insolent Espagnol » est haï dans tous les milieux protestants. Les synodes de Suisse proclament donc à l'unanimité les idées de Servet erronées et sacrilèges, et si aucune des quatre communautés religieuses ne réclame ni même n'envisage franchement la peine de mort, elles reconnaissent toutefois qu'il faut user de sévérité. « Pour ce qui est du châtiment à infliger à cet homme, écrit Zurich, nous nous en remettons à Votre Sagesse. » Berne conjure le Seigneur de prêter aux Genevois « l'esprit de la force et de la sagesse, afin qu'ils puissent servir leur Église et les autres, et les débarrasser de cette peste ». Mais ces mots sont en même temps tempérés par une exhortation : « De telle façon, pourtant, que vous ne fassiez rien qui puisse paraître inconvenant à un magistrat chrétien. » Calvin n'est encouragé d'aucun côté à faire périr son ennemi. Cependant, comme les Églises suisses ont approuvé la procédure suivie à l'égard de Servet, elles approuveront aussi le reste, Calvin le sent, car leurs paroles à double entente lui laissent la main libre pour toute décision. Et chaque fois qu'elle est libre, cette main frappe résolument. Le 26 octobre 1553, Servet est condamné à l'unanimité à être brûlé vif, et ce cruel verdict doit être exécuté le lendemain sur la place de Champel.

*

Isolé du monde réel dans son cachot, pendant des semaines et des semaines Servet s'est abandonné aux plus folles espérances. D'une imagination naturellement ardente, abusé en outre par les secrètes insinuations de ses prétendus amis, il se fortifie de plus en plus dans l'illusion qu'il a convaincu depuis longtemps les juges de la vérité de ses thèses et que, sous peu de jours, l'usurpateur sera ignominieusement chassé de la ville. Son réveil n'en est que plus atroce au moment où les secrétaires du Conseil pénètrent dans sa cellule, la mine impénétrable, et déroulent solennellement un parchemin pour lui en donner lecture. Le verdict est pour Servet un coup de tonnerre. Immobile, semblant ne pas comprendre cette chose monstrueuse, il écoute l'énoncé de la sentence qui le condamne à être brûlé vif comme blasphémateur. Il reste quelques minutes abasourdi, inconscient. Puis les nerfs de cet être torturé cèdent. Il commence à gémir, à se lamenter, à sangloter, un cri d'angoisse s'échappe de sa poitrine : *Misericordia !* hurle-t-il dans sa langue maternelle. Cette horrible nouvelle semble avoir complètement brisé son orgueil exalté de malade ; abattu, anéanti, l'œil hagard, le malheureux regarde fixement devant lui avec découragement. Et les ministres chicaneurs pensent que le moment est venu d'ajouter à ce succès temporel remporté sur Servet une victoire spirituelle, d'arracher à son désespoir l'aveu de son erreur.

Mais, ô surprise ! dès qu'on touche à ses convictions les plus profondes, dès qu'on demande à cet homme effondré, à demi moribond, de désavouer ses thèses, il retrouve aussitôt sa force et sa fierté d'autrefois. Ils peuvent le condamner, le supplicier, le brûler, ils peuvent déchirer son corps en morceaux, Servet ne changera pas d'un iota sa façon de voir ; ses derniers jours élèvent ce chevalier errant de la science au rang de héros et de martyr de la foi. Il repousse énergiquement les instances de Farel, arrivé tout exprès de Lausanne ; il déclare que l'arrêt d'un tribunal est impuissant à démontrer si un homme a tort ou raison. Tuer n'est pas convaincre. On ne lui avait rien prouvé, sinon qu'on essayait de le supprimer. Ni les menaces ni les promesses de Farel ne réussissent à arracher à la victime enchaînée et à demi expirante un seul mot de rétractation.

Et pour bien montrer que, malgré son attachement à ses croyances, il n'est pas un hérétique mais un fervent chrétien, obligé par conséquent de se réconcilier avec le plus mortel de ses ennemis, il se déclare prêt, avant de mourir, à recevoir dans sa cellule la visite de Calvin.

Nous ne possédons sur l'entrevue de Calvin et de Servet que le récit d'une seule des parties : celui de Calvin. Mais même dans ses propres dires, l'insensibilité, la dureté de cœur de Calvin apparaît effrayante : l'accusateur descend dans le cachot tragique de sa victime, mais ce n'est pas pour lui apporter des paroles de consolation, pour prêter une assistance fraternelle à un homme qui doit mourir le lendemain au milieu des plus cruels tourments. Froid et positif, Calvin engage la conversation en lui demandant pourquoi il l'a fait appeler et ce qu'il a à lui dire. Peut-être attend-il que Servet se jette à genoux et supplie en pleurant le tout-puissant dictateur d'annuler le jugement ou du moins de l'adoucir. Le condamné répond simplement – et sa réponse suffirait à émouvoir tout être humain – qu'il l'a fait venir à seule fin de le prier de lui pardonner. La victime désire une réconciliation personnelle avec le bourreau. Mais Calvin refuse la main tendue de Servet : « Je protestai simplement, relate-t-il avec froideur, comme la vérité était que je n'avais jamais poursuivi contre lui de haine particulière. » Ne comprenant pas ou ne voulant pas comprendre ce qu'il y avait de chrétien dans le dernier geste de Servet, il repousse toute espèce de rapprochement entre eux ; que Servet laisse là tout ce qui concerne la personne de Calvin et qu'il confesse seulement ses erreurs envers Dieu dont il avait nié la nature trine. Dogmatique, rigide, Calvin ne voit en Servet que le négateur de sa conception personnelle de la divinité, et par conséquent de Dieu lui-même ; il n'attache de prix qu'à une seule chose : forcer le condamné à avouer, avant qu'il rende le dernier soupir, qu'il a tort, et que lui, Calvin, a raison. Mais sentant que son adversaire voudrait lui arracher l'unique chose qui vive encore en lui et qui soit immortelle à ses yeux, sa croyance, sa conviction, Servet se cabre. Il se refuse à toute lâche concession. Il semble donc superflu à Calvin d'ajouter un mot : un homme qui ne s'incline pas entièrement devant son autorité en matière religieuse n'est qu'un suppôt du diable, envers lequel toute parole amicale est inutile. À quoi bon témoigner la moindre bonté à un hérétique ? Calvin se détourne brusquement, quitte sa victime sans un mot, sans un regard : le verrou grince derrière lui. Calvin conclut d'ailleurs son récit, qui l'accuse lui-même à tout jamais, par ces paroles d'une terrible dureté : « Voyant que je ne profitais rien par exhortation, je ne voulus pas être plus sage que mon maître ne me permet. Par quoi, suivant la règle de saint Paul, je me retirai d'un héritage qui était condamné de soi-même, portant sa marque et sa flétrissure en son cœur. »

*

Être brûlé vif constitue le plus barbare de tous les modes d'exécution ; le Moyen Âge lui-même, réputé pour sa férocité, ne l'a pratiqué dans toute son atroce lenteur que très rarement. La plupart du temps, les condamnés étaient auparavant étranglés au pied du bûcher, ou bien n'avaient plus leur connaissance. Or, c'est précisément ce genre de mort effrayant, épouvantable, qui a été choisi pour le premier autodafé du protestantisme, et l'on comprend aisément que Calvin, au cri d'indignation poussé par l'humanité tout entière, fera plus tard, longtemps plus tard, tout son possible pour se décharger de la responsabilité de ce supplice. Les autres membres du Consistoire et lui auraient essayé, raconte-t-il (alors que le corps de Servet est depuis longtemps réduit en cendres), de commuer l'horrible mort en celle moins barbare de la décapitation, mais « leurs efforts avaient été vains » (*genus mortis conati sumus mutare, sed frustra*). Pourtant, on ne trouve pas trace de ces prétendus « efforts » dans les procès-verbaux du Conseil. D'ailleurs, qui serait assez naïf pour croire que le même Calvin qui a imposé ce procès (*me auctore*, disait-il) soit devenu tout à coup un simple citoyen, n'ayant pas assez d'influence et d'autorité pour pouvoir obtenir du tribunal un mode d'exécution plus humain ? Si l'on s'en tient aux mots, il est exact qu'il ait envisagé un adoucissement de peine pour Servet, mais (et c'est là que réside l'artifice dialectique de son assertion) seulement au cas où celui-ci le payerait d'un *sacrificio d'intellecto*, d'une rétractation à la dernière heure.

Quel triomphe pour la doctrine genevoise si, à trois pas du bûcher, on avait pu forcer Servet à avouer qu'il était dans son tort ! Quelle victoire, si l'on avait réussi à empêcher la victime terrorisée de mourir en martyr pour ses propres croyances et à l'amener à proclamer au dernier moment, en présence du peuple, que la doctrine de Calvin et non la sienne était la vraie, la seule vraie au monde !

Mais Servet sait le prix auquel il doit acheter l'indulgence. Deux orgueils, deux fanatismes s'affrontent ici. Plutôt mourir pour ses convictions au milieu des plus indicibles tourments que de périr d'une mort plus douce pour les dogmes de maître Jehan Calvin ! Plutôt souffrir atrocement pendant une demi-heure, mais acquérir la gloire du martyre et en même temps laisser peser éternellement sur son adversaire l'accusation d'inhumanité ! Servet refuse énergiquement de se rétracter et se prépare à payer sa fierté de toutes les tortures imaginables.

*

Le reste n'est plus qu'horreur. Le 27 octobre à onze heures du matin, le prisonnier est tiré de son cachot dans ses haillons. Pour la dernière fois, ses yeux voient la lumière qu'il n'avait plus vue depuis longtemps. Hirsute, sale, épuisé, le condamné avance en chancelant au milieu du cliquetis de ses chaînes ; l'altération de son visage couleur de cendre dans la clarté de cette journée d'automne produit un effet terrifiant. Devant les marches de l'hôtel de ville,

Michel Servet (1509-1553)

les sergents font tomber brutalement sur les genoux le malheureux qui ne tient du reste plus sur ses jambes – voilà des semaines qu'il a désappris à marcher. Il doit écouter tête baissée la sentence que le syndic proclame en présence du peuple rassemblé et qui se termine par ces mots : « Nous te condamnons, Michel Servet, à être conduit enchaîné à Champel et brûlé vif avec le manuscrit de ton livre et le livre imprimé, jusqu'à ce que ton corps soit réduit en cendres ; c'est ainsi que tu finiras tes jours pour servir d'exemple à tous ceux qui seraient tentés de commettre un crime semblable au tien. »

Le condamné a écouté frissonnant et tremblant. Dans son angoisse, il se traîne à genoux aux pieds des magistrats et les supplie de lui accorder la faible grâce d'avoir la tête tranchée, « afin que l'excès de la douleur ne le porte pas au désespoir ». S'il avait péché, c'était sans le savoir ; une seule idée l'avait toujours guidé : agir pour la gloire de Dieu. À ce moment, Farel s'avance entre les juges et l'homme agenouillé. Il lui demande à haute voix s'il est prêt à abjurer sa doctrine, qui nie l'existence de la Trinité, et à mériter ainsi la faveur d'une exécution plus clémente. Mais – c'est justement dans ses derniers moments que grandit la valeur morale de cet homme – Servet repousse encore une fois le marché qu'on lui propose, résolu à réaliser sa parole d'autrefois, à savoir qu'il était prêt à tout souffrir pour ses croyances.

Le funèbre cortège se remet en marche. Le seigneur-lieutenant et son second marchent en tête, tous deux revêtus des insignes de leur dignité et entourés d'archers ; derrière eux se presse la foule éternellement curieuse. Pendant que s'effectue la traversée de la ville sous les yeux d'une multitude de spectateurs muets et craintifs, Farel s'attache aux pas du condamné. Il le presse sans relâche de reconnaître ses erreurs. Et devant la réponse émouvante de Servet, qu'il périt d'une mort injuste mais que cependant il prie Dieu d'être miséricordieux envers ses accusateurs, Farel, pris d'une fureur dogmatique, l'apostrophe en ces termes : « Comment ! après avoir commis le plus grave de tous les péchés, tu cherches encore à te justifier ? Si tu continues, je ne t'accompagne pas plus loin et t'abandonne à la justice de Dieu. Et pourtant j'étais bien décidé à ne pas te quitter avant que tu n'aies rendu le dernier soupir ! »

Mais Servet ne répond plus. Ergoteurs et bourreaux lui répugnent : il ne leur adressera plus la parole. Le soi-disant hérétique murmure sans arrêt comme pour s'étourdir : « Ô Dieu, garde mon âme, ô Jésus, fils du Dieu éternel, aie pitié de moi ! » ; puis il demande à voix haute aux assistants de prier avec lui et pour lui. Même sur le lieu de l'exécution, face au bûcher, il s'agenouille encore une fois et se recueille avec dévotion. Mais de peur que le geste pieux de ce prétendu athée ne fasse impression sur le peuple, le fanatique Farel s'écrie, en montrant Servet prosterné avec ferveur : « Vous voyez de quelle force dispose Satan quand il s'empare de quelqu'un ! Cet homme est très savant et croyait peut-être bien faire. Mais maintenant il est au pouvoir du diable et cela peut arriver à chacun de vous ! »

Pendant ce temps, les horribles préparatifs ont commencé. Déjà le bois du bûcher est empilé ; déjà on entend tinter la chaîne avec laquelle on va attacher le corps du condamné ; déjà le bourreau lui a lié les mains. Alors, pour la dernière fois, Farel s'approche de Servet qui murmure encore faiblement : « Ô Dieu, ô mon Dieu ! » et lui adresse d'une voix forte ces mots féroces : « N'as-tu rien d'autre à dire ? » Servet répond tout simplement : « Puis-je parler d'autre chose que de Dieu ? »

Déçu, Farel quitte sa victime. C'est à l'autre bourreau, à présent, celui du corps, d'accomplir toute sa sinistre besogne. On attache Servet au poteau, on ligote étroitement son pauvre corps ruiné. Puis les aides glissent sous ses liens qui le blessent cruellement son livre et le manuscrit qu'il a autrefois envoyé à Calvin, *sub sigillo secreti*, pour lui demander son avis fraternel ; enfin, par dérision, on lui enfonce sur la tête une hideuse couronne de martyr faite de feuillage et trempée dans le soufre. La tâche du bourreau est accomplie, il n'a plus qu'à allumer le bûcher et le meurtre commence.

Tandis que les flammes s'élèvent de toutes parts, le patient pousse un cri si terrible que les assistants se détournent un moment en frissonnant. Bientôt le feu et la fumée enveloppent son corps qui se tord de douleur ; mais, de plus en plus déchirants, les hurlements de douleur du martyr s'échappent sans arrêt du brasier qui dévore lentement sa chair pantelante. Enfin, un dernier et fervent appel de détresse : « Jésus, fils du Dieu éternel, aie pitié de moi ! » Cette agonie d'une indescriptible horreur dure une demi-heure. Puis, repues, les flammes s'éteignent, la fumée se disperse, et l'on aperçoit, retenue au poteau noirci par une chaîne incandescente, une masse carbonisée, fumante et informe. Ce qui fut autrefois une créature pensante, passionnément adonnée à la recherche de l'Éternel, une parcelle vivante de l'âme divine, n'est plus qu'un tas horrible, si infect et si répugnant que sa vue eût peut-être fait sentir à Calvin pendant une minute toute la barbarie de son rôle.

Mais où est Calvin en cette heure d'épouvante ? Il a préféré rester dans son cabinet de travail, derrière ses fenêtres bien closes, laissant la charge de l'affreuse besogne au bourreau et à son disciple Farel, plus dur encore que lui. Quand il s'est agi d'accuser, de tourmenter, de traquer ce malheureux « estudiant de la Sainte Escripture » et de l'envoyer au bûcher, Calvin précédait infatigablement tout le monde : à l'heure du supplice, on voit les tortionnaires rétribués, mais pas l'instigateur des tourments. Ce n'est que le dimanche suivant qu'il monte en chaire pour célébrer devant la communauté silencieuse la nécessité, l'équité et la grandeur d'un acte qu'il n'a pas eu le courage de regarder en face.

Le manifeste de la tolérance

Chercher la vérité et la dire, telle qu'on la pense, n'est jamais criminel. On ne saurait imposer à personne une conviction. Les convictions sont libres.

SÉBASTIEN CASTELLION

Le martyre de Servet fut aussitôt considéré par les contemporains comme un tournant moral de la Réforme. En soi, l'exécution d'un homme ne signifiait rien d'extraordinaire dans ce siècle de violences ; des côtes de l'Espagne aux rivages de la mer du Nord, on ne compte pas les hérétiques condamnés à cette époque au nom de Dieu. C'est par milliers qu'on les traîne sur les lieux du supplice pour y être brûlés, décapités, étranglés ou noyés, au nom de la vraie religion. « S'il s'agissait, je ne dis pas de chevaux, mais de porcs, dit Castellion dans son *Traité des hérétiques*, chaque prince penserait subir par là une grande perte. Mais du moment qu'il ne s'agit que d'hommes, personne ne songe à compter les victimes… Je ne sais pas – soupire encore

Castellion désespéré, qui certes ne pouvait pas prévoir notre siècle de guerres – si l'on a jamais à aucune époque versé autant de sang que dans la nôtre. »

Mais c'est toujours un crime entre mille qui réveille la conscience du monde en apparence endormie. La flamme du bûcher de Servet jette une lueur plus vive que toutes celles de son temps, et deux siècles plus tard encore, l'historien anglais Gibbon reconnaît que « cette exécution l'a ébranlé plus profondément que les milliers d'autres de l'Inquisition ». Car elle est, pour employer le mot de Voltaire, le premier « meurtre religieux » commis par la Réforme et la première négation éclatante de sa doctrine primitive. Déjà, par elle-même, la notion d'« hérétique » est une absurdité du point de vue de la doctrine évangélique, qui revendique pour chacun la liberté absolue d'interprétation ; au début, Luther, Zwingli et Melanchthon n'éprouvaient-ils pas une répulsion très nette pour toute mesure de violence contre les éléments indépendants et les extrémistes de leur mouvement ? Luther déclare expressément : « Je n'aime pas beaucoup les condamnations à mort, même quand elles sont méritées, et ce qui m'effraie, c'est l'exemple qu'on donne. C'est pourquoi je ne puis approuver en aucune façon qu'on exécute les faux docteurs. » Puis, dans une formule d'une brièveté remarquable, il ajoute : « Les hérétiques ne peuvent être ni réprimés ni empêchés par aucune force extérieure. Par quoi il faut agir et besogner avec eux par autres moyens que par sévérité de glaive : il y faut procéder par la parole de Dieu. L'hérésie est une affaire spirituelle, qui ne peut être lavée par aucun feu ni aucune eau terrestre. »

Mais bientôt, la nouvelle doctrine, devenue elle-même entre-temps une « Église », s'aperçoit – ce que la vieille savait déjà depuis longtemps – que l'autorité, à la longue, ne peut être maintenue sans violence. C'est ainsi que Luther propose tout d'abord un compromis en s'efforçant de distinguer entre *hæreticis* et *seditiosis*, entre les « remontrants », qui manifestent certaines divergences d'opinion avec l'Église réformée, et les « séditieux », qui en même temps que l'ordre religieux veulent transformer l'ordre social. C'est seulement contre ces derniers – et il entend par là les anabaptistes communistes – qu'il reconnaît aux autorités un droit de répression. Mais aucun des chefs de l'Église réformée ne se résout à faire le pas décisif, à se prononcer pour la remise au bourreau des dissidents et libres penseurs. Ils n'ont pas encore oublié l'époque où ils se dressaient eux-mêmes en révolutionnaires contre le pape et l'empereur, au nom de la liberté de conscience qu'ils déclaraient être le plus sacré des droits. Il leur semble impossible d'introduire une nouvelle Inquisition, protestante cette fois.

Ce pas historique, Calvin n'hésite pas à le faire : la mort de Servet sur le bûcher le prouve. D'un seul coup il rompt avec la « liberté du chrétien », proclamée par la Réforme, d'un bond il rattrape l'Église catholique, qui, elle du moins, et cela est tout à son honneur, a hésité plus de mille ans avant de se décider à brûler un homme pour ses opinions religieuses. Dès la seconde décade de sa nomination, il met au passif de la Réforme cet acte d'intolérance. Aussi l'inscription que la ville de Genève a, plusieurs siècles plus tard, fait graver dans la pierre du monument élevé à la mémoire de Servet ne peut-elle décharger Calvin de la lourde responsabilité qui pèse sur lui en appelant Servet une « victime de son temps ». Ce n'est pas l'aveuglement ni la folie de son temps – qui est aussi celui de Montaigne et de Castellion – qui ont poussé Servet sur le bûcher, mais bien la volonté personnelle de Calvin. Rien ne peut faire qu'il ne soit comptable de cet acte. Car s'il est vrai que l'incrédulité et la superstition ont leurs racines dans les mœurs et les préjugés de l'époque, le responsable d'un crime est toujours celui qui l'a commis.

*

Il est indéniable que la mort cruelle infligée à Servet souleva immédiatement une émotion générale. De Bèze, lui-même, l'ami et le confident de Calvin, se voit contraint d'avouer que « les cendres du malheureux à peine refroidies on se mit à discuter passionnément du châtiment des hérétiques. Les uns accordaient qu'il faut les réprimer, mais non leur infliger la peine capitale. Les autres pensaient qu'on devait les abandonner au jugement de Dieu ». Cet admirateur sans réserve de tous les actes du dictateur a soudain un ton d'hésitation dans la voix, et bien plus encore d'autres amis de Calvin. Certes Melanchthon, que Servet a violemment attaqué autrefois, écrit à Calvin : « L'État te remercie et te remerciera encore dans l'avenir. Vous avez bien fait en condamnant à mort ce blasphémateur » ; il se trouve même – éternelle « trahison des clercs » – un philologue d'un zèle excessif, pour composer à cette occasion un pieux chant de fête. Mais sauf cela, on ne perçoit nulle part une approbation collective véritable. Zurich, Schaffhouse et les autres synodes ne s'expriment pas du tout d'une façon aussi enthousiaste que Genève l'avait espéré.

Par contre, des voix s'élèvent pour protester. Le grand juriste de l'époque, Baudouin, dit publiquement sa réprobation : « J'estime que Calvin n'avait pas le droit d'introduire de poursuite criminelle pour une question de religion. » Mais les humanistes indépendants ne sont pas seuls à manifester leur indignation : même dans les rangs du clergé protestant l'opposition grandit. À une heure à peine des portes de Genève, les pasteurs vaudois, du haut de la chaire, jugent l'action de Calvin contre Servet contraire à la religion et à la loi ; dans sa ville même, le dictateur est obligé de faire appel à la police pour imposer silence aux critiques. Pour avoir déclaré que Servet était un « martyr de Jésus » une femme est jetée au cachot, de même qu'un imprimeur pour avoir dit que « Servet était homme de bien et que les magistrats l'avaient fait mourir à l'appétit d'un homme ». Un certain nombre de savants étrangers notoires quittent avec éclat la ville où ils ne se sentent plus en sécurité depuis que la liberté de penser y est menacée. Et bientôt Calvin s'apercevra que Servet mort est beaucoup plus dangereux pour lui qu'il ne l'a jamais été de son vivant.

*

L'ouïe de Calvin est extrêmement sensible aux critiques. Il ne lui sert à rien de se garantir anxieusement contre les jugements qui lui sont défavorables : à travers les murs et les fenêtres, il entend monter jusqu'à lui l'indignation que l'on s'efforce de contenir. Mais l'acte est accompli, et ce qui est fait est fait ; du moment que Calvin ne peut plus échapper à sa responsabilité, il ne lui reste plus qu'à la revendiquer hautement. Sans s'en rendre compte, dans cette affaire où il était l'assaillant, Calvin se voit peu à peu contraint à la défensive. Ses amis lui déclarent qu'il est grand temps de se justifier. C'est ainsi qu'il se décide, quoique à contrecœur, à « éclairer » le monde sur Servet, qu'il a lui-même prudemment réduit au silence, et à écrire une apologie de son acte.

Mais comme il n'a pas la conscience tranquille, il écrit mal. Son apologie intitulée : *Déclaration pour maintenir la vraie foi que tiennent tous les chrétiens de la Trinité des personnes en un seul Dieu, par Jean Calvin. Contre les erreurs détestables de l'Espagnol Michel Servet*, qu'il a composée comme dit Castellion « avec encore sur les mains le sang de Servet », est l'un de ses ouvrages les plus faibles. Lui-même a avoué l'avoir écrit « tumultuarie », nerveusement et en toute hâte, et ce qui montre bien qu'il se sentait peu sûr dans sa défense obligatoire, c'est qu'il fit contresigner sa thèse par tous les pasteurs de Genève, pour n'en pas porter à lui seul la responsabilité. Pour se faire passer pour un adversaire, au fond, de toute violence, il remplit tout d'abord une bonne partie de son livre de plaintes sur la cruauté de l'Inquisition catholique, qui condamne les croyants sans leur permettre de se défendre et les exécute de la façon la plus atroce. (« Et toi, lui répondra plus tard Castellion, quel défenseur as-tu donné à Servet ? ») Puis il surprend le lecteur déjà étonné par l'affirmation qu'il « n'a pas cessé de faire son possible, en secret, pour ramener Servet à des sentiments plus saints ». C'est le Conseil qui – malgré son désir d'indulgence – a voulu l'atroce peine capitale. Mais Castellion rétablit ici durement la vérité : « Les premières exhortations de Calvin ont été des injures, la seconde a été la prison, et Servet n'a comparu devant les fidèles que pour être hissé sur des fagots et brûlé vif. »

Cependant, si Calvin rejette ainsi d'une main la responsabilité du martyre de Servet, de l'autre il fait valoir en faveur des « autorités » toutes les excuses possibles. Et dès qu'il s'agit de défendre l'idée d'autorité, Calvin devient éloquent. Il n'est pas possible, déclare-t-il, de laisser « la liberté à chacun de dire ce qu'il veut », car ce serait par trop favoriser les épicuriens, les athées et les contempteurs de Dieu.

Seule la vraie doctrine (celle de Calvin, bien entendu) doit être proclamée. Une telle censure ne signifie nullement – c'est l'argument de tous les despotes – une restriction de la liberté. Ce n'est pas tyranniser l'Église que d'empêcher les écrivains malintentionnés de répandre publiquement ce qui leur passe par la tête. » Réduire au silence les dissidents, ce n'est pas là, pour les dictateurs, exercer une contrainte, c'est agir d'une façon juste et servir une idée supérieure.

Mais il ne s'agit pas ici de la lutte contre l'hérésie, car sur ce point tout le protestantisme est d'accord ; la question est de savoir si l'on a le droit de tuer ou de faire tuer quelqu'un pour des divergences religieuses. Étant donné que Calvin, dans le cas présent, y a répondu d'avance par l'affirmative, il lui faut maintenant justifier son acte, et c'est dans la Bible, naturellement, qu'il prend ses arguments, pour montrer que s'il a fait condamner Servet, c'est seulement sur « mandat d'en haut » et pour obéir à un « commandement divin ». Il cherche dans l'Ancien Testament (car les Évangiles parlent beaucoup trop de l'amour qu'il faut avoir pour ses ennemis) des exemples d'exécutions d'hérétiques, sans pouvoir cependant rien apporter de convaincant, car la Bible ignorait complètement la notion d'hérésie et ne connaissait que celle de « blasphème ». Mais Servet, qui au milieu des flammes lançait encore des appels à Dieu, n'avait jamais été un athée. Malgré cela, Calvin, qui s'appuie toujours sur la Bible, déclare que l'extermination des hérétiques est un devoir « sacré » : « De même qu'un homme ordinaire serait coupable, s'il ne saisissait pas le glaive quand sa maison est souillée par le culte des idoles, et qu'un des siens se dresse contre Dieu, à plus forte raison un prince s'il fermait les yeux devant les violations de la religion. » C'est pour servir « l'honneur de Dieu » que le glaive lui a été remis : toute action entreprise dans un « saint zèle » est justifiée d'avance. La défense de l'orthodoxie, de la vraie foi, supprime d'après Calvin tous les liens du sang, tous les commandements de l'humanité ; même ses proches parents, si Satan les poussait à nier la « vraie » religion, il faudrait les anéantir : « On ne fait point à Dieu l'honneur qu'on lui doit, si on ne préfère son service à tout regard humain, pour n'épargner ni parentage, ni sang, ni vie qui soit, et si on ne met en oubli toute humanité quand il est question de combattre pour sa gloire. »

Parole effroyable, qui montre à quel point le fanatisme peut aveugler un homme ! Car on proclame ici avec une effrayante brutalité que seul est pieux celui qui, pour la « doctrine », tue en soi « tout regard humain », par conséquent tout sentiment d'humanité, celui qui est prêt à livrer femme et enfants, frères et amis à l'Inquisition, s'ils sont en désaccord, sur un point quelconque, avec le Consistoire. Et afin que personne ne combatte une thèse aussi inhumaine, Calvin recourt à son argument favori : la terreur. Il déclare que quiconque défend ou excuse un hérétique est lui-même coupable d'hérésie et mérite châtiment. Une fois pour toutes, il veut en finir avec cette discussion, si désagréable pour lui, sur le meurtre de Servet.

Mais quelle que soit la violence coléreuse avec laquelle le dictateur profère ses menaces, la voix accusatrice du martyr ne se laisse pas réduire au silence, et l'apologie de Calvin par lui-même, avec son appel à la chasse aux hérétiques, fait une impression désastreuse ; l'horreur s'empare des protestants les plus sincères quand ils voient que dans l'Église réformée on préconise maintenant du haut de la chaire l'emploi des méthodes de l'Inquisition. Quelques-uns déclarent qu'il eût été plus convenable qu'une thèse aussi sanguinaire fût défendue par le Conseil et non par un prédicateur de la parole de Dieu ; le chancelier de la ville de Berne, Zurkinden, qui deviendra plus tard l'ami intime et le protecteur de Castellion, écrit à Calvin avec une vigueur remarquable : « Je vous avouerai librement que je suis moi aussi de ceux qui voudraient restreindre le plus l'usage du glaive pour la répression des adversaires de la foi, même de ceux dont l'erreur est volontaire. Ce qui m'y détermine, ce ne sont pas seulement les passages des Saintes Écritures que l'on peut mettre en avant contre l'emploi de la violence, mais l'exemple de la manière dont on agit avec les anabaptistes. J'ai vu moi-même traîner à l'échafaud une femme âgée de quatre-vingts ans, ainsi que sa fille, mère de six enfants : elles n'avaient commis d'autre crime que de nier le baptême des enfants. Sous l'impression d'un tel exemple, je dois craindre que les autorités du tribunal ne se maintiennent pas dans les limites étroites où vous voudriez les enfermer et que de petites erreurs soient punies comme de grands crimes. C'est pourquoi je préférerais que les autorités se rendent coupables d'un excès de douceur et d'indulgence que de faire appel au glaive... J'aimerais mieux verser mon sang que d'être souillé de celui d'un homme qui n'aurait pas, de la manière la plus absolue, mérité le supplice. »

*

Ainsi parle un petit chancelier inconnu à une époque fanatique, et beaucoup pensent comme lui, mais ils se contentent de penser sans rien dire. Zurkinden lui-même, qui partage l'horreur de son maître Érasme pour les disputes du temps, avoue sincèrement à Calvin que s'il lui communique par lettre son opinion, il ne tient pas à la faire connaître publiquement. « J'aime mieux rester muet, aussi longtemps du moins que ma conscience me le permettra. Je ne descendrai dans l'arène que si la conscience m'y force. » Les natures douces sont facilement résignées, ce qui facilite le jeu des violents. Tous font comme Zurkinden, les humanistes, les pasteurs, les savants : ils se taisent, les uns par dégoût des controverses publiques, les autres par peur d'être accusés eux-mêmes d'hérésie, lorsqu'ils ne célèbrent pas hypocritement l'exécution de Servet comme un acte hautement louable. Et déjà il semble que l'appel monstrueux de Calvin à la répression générale des hérétiques va rester sans réponse. C'est alors que brusquement une voix, bien connue et haïe du dictateur, s'élève pour dénoncer publiquement, au nom de l'humanité offensée, le crime commis sur la personne de Michel Servet : la voix claire de Castellion, que jamais encore une menace du tyran de Genève n'a réussi à intimider, et qui expose résolument sa vie pour sauver celle de milliers d'hommes.

*

Dans les guerres d'idées, les meilleurs combattants ne sont pas ceux qui se lancent légèrement et passionnément dans la lutte, mais ceux qui hésitent longtemps avant de s'y engager, les pacifiques, chez qui la décision mûrit lentement. Ce n'est qu'une fois épuisées toutes les possibilités d'entente et reconnu le caractère inéluctable de la lutte, qu'ils vont au combat d'un cœur lourd et triste. Mais ce sont précisément ceux-là qui sont ensuite les plus décidés, les plus résolus. Tel est le cas de Castellion. En tant que véritable humaniste, il n'est pas un combattant-né, la conciliation répond plutôt à sa nature douce et profondément religieuse. Comme son prédécesseur Érasme, il sait à quel point chaque vérité terrestre et divine est multiforme, susceptible de nombreuses interprétations, et ce n'est nullement par hasard qu'une de ses principales œuvres porte ce titre caractéristique : *De arte dubitandi* (l'art de douter). Mais si sa prudence lui enseigne l'indulgence à l'égard de toutes les opinions, s'il préfère se taire que s'immiscer trop vite dans des querelles étrangères, le doute et l'examen perpétuels auxquels se livre Castellion ne font pas de lui un froid sceptique. Depuis qu'il a renoncé à son emploi pour conserver sa liberté intérieure, il s'est retiré complètement de la politique courante afin de pouvoir mieux servir l'Évangile par un travail productif : sa double traduction de la Bible. Il a trouvé à Bâle, dernier îlot de la paix religieuse, un foyer tranquille. L'Université y garde encore l'héritage d'Érasme ; tous ceux qui ont été obligés de fuir les persécutions des dictatures ecclésiastiques se sont réfugiés dans cet ultime asile de l'humanisme. C'est là que vivent Carlstadt, chassé d'Allemagne par Luther, et Bernardo Ochino, chassé d'Italie par l'Inquisition romaine ; c'est là que vivent Celio Cocino et Curione, et, caché sous un pseudonyme, l'anabaptiste David de Joris, proscrit des Pays-Bas. C'est là que réside Castellion chassé de Genève par Calvin. Un sort commun lie ces réfugiés, quoiqu'ils ne soient nullement d'accord sur toutes les questions théologiques. Mais des natures vraiment humaines n'ont pas besoin d'avoir en tout les mêmes opinions pour entretenir entre elles des relations d'amitié. Ces dissidents de toutes les dictatures mènent à Bâle une existence modeste de savant : ils n'inondent pas le monde de traités et de brochures, ils ne pérorent pas dans les cours publics, ils ne se réunissent pas en associations et en sectes. Seule une tristesse commune causée par l'enrégimentement croissant de l'esprit unit ces « remontrants » (c'est ainsi qu'on appellera plus tard ces adversaires de toute terreur dogmatique).

Pour ces penseurs indépendants, l'exécution de Servet et la défense agressive de Calvin signifient bien entendu une déclaration de guerre. Ce défi les remplit à la fois de colère et d'effroi. Tous l'ont bien compris : le moment est décisif. Si ce pamphlet reste sans réponse, c'est l'abdication du droit devant la violence. Va-t-on retomber dans les ténèbres « après avoir connu la lumière », alors que la Réforme a déjà proclamé à la face du monde la liberté de conscience ? Va-t-on, ainsi que l'exige Calvin, exterminer par le glaive et le feu tous les réfractaires ? Le moment n'est-il pas venu, avant que des milliers de bûchers ne s'allument à celui de Champel, de déclarer hautement qu'on n'a pas le droit de traquer comme des bêtes fauves et de torturer comme des brigands et des assassins des hommes dont le seul crime est d'avoir des opinions indépendantes dans les questions religieuses ? Oui, il faut dire que l'intolérance est antichrétienne, et, lorsqu'elle fait appel à la terreur, inhumaine. Il faut qu'une voix claire et nette s'élève en faveur des persécutés et contre les persécuteurs.

Mais comment est-il possible de parler d'une façon claire, nette, dans des temps semblables ? Il est des époques où les vérités les plus élémentaires ne peuvent être exprimées qu'enveloppées de nuages et déguisées, où les idées les plus simples pour atteindre leur but sont obligées de se couvrir d'un masque et de se glisser comme des voleurs par des portes de derrière, parce que la grande porte est gardée par les sbires du pouvoir. Une fois de plus, on assiste à cette absurdité : alors que les excitations d'un peuple contre un autre, d'une religion contre une autre, sont permises, les tendances conciliatrices, les idéaux pacifiques sont suspectés et réprimés, sous le fallacieux prétexte qu'ils mettent en danger l'autorité de l'État ou de la religion. Sous le régime de terreur institué par Calvin, il est impossible à Castellion et aux siens d'exposer ouvertement leurs conceptions ; un manifeste de la tolérance, un appel à l'humanité, tel qu'ils le projettent, risquerait d'être saisi dès le premier jour. On ne peut donc répondre à la violence que par la ruse. C'est ainsi que le nom de l'éditeur figurant sur la couverture du *Traité des hérétiques*, « Martinus Bellius », est inventé et que comme lieu d'impression on indique Magdebourg à la place de Bâle. Le texte lui-même de cet appel en faveur des innocents persécutés est présenté comme une œuvre scientifique, théologique, une discussion purement académique entre de hautes personnalités ecclésiastiques sur la question suivante : *De hæreticis an sint persequendi et omnino quomodo sit cum eis agendum multorum tum veterum tum recentiorum sententitæ* (ce qui signifie : Si les hérétiques doivent être poursuivis et de quelle manière on doit se conduire avec eux, d'après des textes d'auteurs anciens et modernes). Et vraiment, lorsqu'on feuillette rapidement l'ouvrage, on croit tout d'abord n'avoir en mains qu'un traité pieux, car on y voit des sentences des plus célèbres pères de l'Église, de saint Augustin, saint Chrysostome et saint Hiéronyme, fraternellement accolées à des déclarations choisies de grandes autorités protestantes, telles que Luther et Sébastien Frank, ou d'humanistes comme Érasme. On dirait une anthologie scolastique, un recueil de citations juridico-théologiques composé dans le but de permettre aux lecteurs de se faire une opinion personnelle sur cette question difficile. Mais lorsqu'on y regarde de plus près, on s'aperçoit que ce ne sont là que des textes réprouvant l'emploi de la peine capitale contre les hérétiques. Et la ruse la plus spirituelle, la seule malignité de ce livre terriblement sérieux, c'est que parmi toutes ces citations destinées à réfuter la thèse de Calvin, on en trouve une dont le texte doit lui être particulièrement désagréable, puisqu'il est de lui, Calvin. Ce texte, qui date, il est vrai, d'une époque où il était encore lui-même un persécuté, contredit violemment ses appels enflammés à la répression et dénonce comme non chrétienne son attitude actuelle. N'a-t-il pas écrit, en effet, cette phrase signée de son nom : « Ce n'est pas agir en chrétien que de poursuivre par le fer et par le feu ceux que l'Église a chassés et de leur refuser les droits de l'humanité » ?

Mais c'est la parole clairement formulée et non le sens caché qu'elle exprime qui donne à un livre son vrai caractère. Cette parole, Castellion la prononce dans son introduction dédiée au duc de Wurtemberg, et c'est elle seule qui confère à l'ouvrage théologique sa valeur véritable. Car quoiqu'elle compte à peine une dizaine de pages, elle n'en constitue pas moins la première manifestation par laquelle la liberté de conscience revendique son droit de cité en Europe. Écrite uniquement pour les hérétiques, elle est en même temps un cri de protestation en faveur de tous ceux qui plus tard seront traqués par d'autres dictatures pour leurs opinions politiques ou religieuses. La lutte est ouverte contre l'ennemi héréditaire de toute justice, le fanatisme borné, qui prétend interdire toute opinion autre que la sienne ; on lui oppose aujourd'hui victorieusement l'idée qui seule peut mettre fin aux hostilités sur terre : celle de la tolérance.

*

Avec une logique froide, claire et irréfutable, Castellion développe sa thèse. La question qui se pose est la suivante : doit-on poursuivre les hérétiques et leur appliquer la peine capitale pour un délit d'ordre purement intellectuel ? Cette question, Castellion la fait précéder d'une autre : qu'est-ce en fait qu'un hérétique ? Qui doit-on appeler ainsi, sans se rendre coupable d'injustice ? Car, dit-il, « je n'estime pas tous ceux-là être hérétiques qui sont appelés hérétiques, lequel nom est aujourd'hui si infâme, si détestable et horrible, que si quelqu'un désire que son ennemi soit incontinent mis à mort, il n'a point de voie plus commode, que de l'accuser d'hérésie ».

Cependant, ce n'est pas de ce point de vue que Castellion veut juger. Il sait que chaque époque se choisit un groupe de malheureux sur qui elle puisse déverser la haine qu'elle a accumulée. Toujours un groupe plus fort vise, soit à cause de sa religion, de la couleur de sa peau, de sa race, son origine, son idéal social ou de ses conceptions philosophiques, un groupe plus petit et plus faible sur lequel il se hâte de décharger les forces destructrices qui sommeillent en lui. Les mots d'ordre, les prétextes ont beau changer, les méthodes de calomnie, d'avilissement, de destruction restent les mêmes. Mais un homme de pensée ne doit jamais se laisser aveugler par de telles paroles de haine et se laisser entraîner par la fureur des instincts collectifs ; il lui faut chaque fois chercher le droit avec calme et justice. Aussi Castellion se refuse-t-il à émettre une opinion quelconque sur la question des hérétiques avant d'avoir pénétré entièrement le sens de ce mot.

Qu'est-ce donc qu'un hérétique ? Castellion se le demande constamment. Et puisque Calvin s'appuie sur la Bible comme étant le seul code valable, c'est elle qu'il étudie page par page. Mais il n'y trouve ni le mot ni l'idée. Les Saintes Écritures parlent bien des contempteurs de Dieu et de la nécessité de les châtier, mais un hérétique n'est pas forcément – le cas Servet l'a prouvé – un contempteur de Dieu. Au contraire, ceux que l'on appelle hérétiques, et particulièrement les anabaptistes, prétendent précisément être les seuls vrais chrétiens. Étant donné que jamais un Turc, un Juif, un païen, n'est appelé hérétique, l'hérésie est exclusivement un délit s'appliquant au christianisme. Il en résulte par conséquent que les hérétiques sont ceux qui, quoique chrétiens, ne défendent pas le « vrai » christianisme.

Il semble qu'ainsi on ait trouvé la véritable définition de l'hérétique. Mais quel est le « vrai » christianisme ? Entre les différentes interprétations de la parole de Dieu, quelle est la bonne ? Est-ce celle des catholiques, celle des luthériens, des zwingliens, des anabaptistes, des hussites, des calvinistes ? Existe-t-il une certitude absolue dans les choses de la religion ? Le texte des Écritures est-il toujours clair ? Contrairement à Calvin, Castellion a le courage de répondre modestement non. Il voit dans les Saintes Écritures des choses compréhensibles, mêlées à d'autres qui ne le sont pas. « Les vérités de la religion, écrit-il, sont mystérieuses par nature, et sont encore, après plus de mille ans, l'objet d'une lutte sans fin, où le sang ne cessera de couler si l'amour n'éclaire pas les esprits et ne finit par avoir le dernier mot… » Quiconque interprète la parole de Dieu peut se tromper et commettre des erreurs, et c'est pourquoi la tolérance mutuelle est le premier des devoirs. « Si tout était aussi clair et manifeste qu'il y a un Dieu, les chrétiens pourraient facilement se mettre d'accord sur tout, mais puisque tout est obscur, les chrétiens ne devraient pas se condamner les uns les autres. Si nous sommes plus sages que les païens, soyons aussi meilleurs et plus bienveillants qu'eux. »

Castellion a fait ici un nouveau pas en avant dans sa recherche : on appelle hérétique celui qui, tout en reconnaissant les lois fondamentales de la religion chrétienne, n'en reconnaît pas la forme imposée dans son pays. L'hérésie, par conséquent, n'est pas une notion absolue, mais une notion relative. Pour un catholique, un calviniste est un hérétique, tout comme l'anabaptiste pour le calviniste ; le même homme que l'on considère en France comme un bon chrétien est regardé à Genève comme un hérétique, et réciproquement. Tel qui, dans un pays, est brûlé vif comme un criminel, est considéré comme un martyr par le pays voisin. « Si, déclare Castellion, en cette cité ou région, tu es estimé vrai fidèle, en la prochaine tu seras estimé hérétique. Tellement que si quelqu'un aujourd'hui veut vivre, il lui est nécessaire d'avoir autant de fois et religions qu'il est de cités ou de sectes. » Et c'est ainsi qu'il en arrive à cette affirmation hardie : « Après avoir souvent cherché que c'est d'un hérétique, je n'en trouve autre chose, sinon que nous estimons hérétiques tous ceux qui ne s'accordent avec nous, en notre opinion. »

Cela a l'air d'une banalité. Mais le dire ouvertement, c'est alors un acte de courage inouï. C'est proclamer, face à toute une époque, à ses princes et à ses prêtres, catholiques comme luthériens, que la chasse aux hérétiques est une absurdité, une folie criminelle. Que c'est contre le droit et la justice que ces milliers d'hommes sont traqués, pendus, noyés et brûlés, car ils n'ont commis aucun crime contre Dieu et contre l'État ; ce n'est pas dans le cadre *réel* de l'action qu'ils se sont séparés des autres, mais seulement dans le cadre *idéal* de la pensée. Qui donc a le droit de s'ériger en juge des pensées d'autrui, de faire de ses convictions intimes et privées un délit de droit commun ? Ni l'État ni personne. L'État peut exiger de chacun de ses sujets le respect de l'ordre extérieur et politique. Mais toute immixtion, de quelque autorité que ce soit, dans le domaine des convictions morales et religieuses (nous ajouterions aujourd'hui littéraires), aussi longtemps qu'elles ne constituent pas une révolte manifeste contre l'État, est par contre une atteinte intolérable aux droits imprescriptibles de la personnalité. Nul n'est comptable de ses convictions devant les autorités de l'État, car « chacun de nous a à mener pour soi-même sa cause devant Dieu ». Les convictions personnelles ne sont pas du ressort des organes de l'État. Pourquoi donc cette rage écumante contre ceux dont les conceptions diffèrent des conceptions officielles, pourquoi ces appels incessants à l'intervention de l'État, pourquoi cette haine meurtrière ? Sans esprit de conciliation, une humanité véritable est impossible, car ce n'est que « si nous gouvernions ainsi que nous pourrions vivre ensemble paisiblement, soit que ce pendant fussions en discorde en autre chose, au moins nous consentirions ensemble, et nous accorderions en amour mutuelle, laquelle est le lien de paix, jusques à ce que fussions parvenus à unité de foy ».

La responsabilité de ces horribles massacres, de ces persécutions barbares, qui déshonorent l'humanité n'incombe par conséquent pas aux esprits indépendants, aux victimes. Le seul, l'éternel responsable de cette folie meurtrière, de ce trouble sauvage de notre monde, est pour Castellion comme pour Érasme le fanatisme, l'intolérance des idéologues, qui veulent imposer à tout prix leurs idées, leur religion. Impitoyablement, il dénonce cette folle présomption : « Les hommes étant enflés de cette science, ou plutôt de cette fausse opinion de science, méprisent hautainement les autres, et s'ensuit, tantôt après, cet orgueil, cruauté et persécution, en sorte que nul ne veut plus endurer l'autre, s'il est discordant en quelque chose avec lui, comme s'il n'y avait pas aujourd'hui quasi autant d'opinions que d'hommes. Toutefois, il n'y a aucune secte, laquelle ne condamne toutes les autres et ne veuille régner toute seule. De là viennent bannissements, exils, emprisonnements, brûlements, gibets, et cette misérable rage de supplices et de tourments qu'on exerce journellement, à cause de quelques opinions déplaisantes aux grands, et mêmement de choses inconnues. » C'est l'intolérance qui produit « cette rage cruelle et brutale à exercer cruauté, en sorte qu'on voit d'aucuns être tellement enflammés par telles calomnies qu'ils sont comme enragés et forcenés s'ils voient quelqu'un de ceux qu'on fait mourir être premièrement étranglé, et non pas rôti, tout vif, à petit feu ». Seule la tolérance, dit Castellion, peut préserver l'humanité de ces barbaries. Il y a place dans le monde pour beaucoup de vérités, et si les hommes le voulaient, ils pourraient parfaitement vivre en bonne harmonie. « Supportons-nous l'un l'autre et ne condamnons incontinent la foi de personne. » Alors cette chasse sauvage aux hérétiques deviendra superflue, inutile toute persécution pour délit d'opinion. Et tandis que Calvin exhorte les princes à se servir du glaive pour exterminer impitoyablement les hérétiques, Castellion leur dit : « Penchez plutôt du côté de la douceur et n'écoutez pas ceux qui vous exhortent au meurtre, car ils ne seront pas à vos côtés pour intervenir en votre faveur, quand vous devrez rendre vos comptes à Dieu, ils seront suffisamment occupés avec leur propre défense. Croyez-moi, si le Christ était ici, il ne vous conseillerait jamais de tuer ceux qui confessent son nom, même s'ils se trompent sur un point de détail ou s'engagent dans des voies fausses… »

*

Impartialement, Sébastien Castellion a répondu à la grave question de la culpabilité ou de la non-culpabilité de ceux qu'on appelle des hérétiques. Il l'a examinée, pesée soigneusement. Et s'il demande qu'on fasse preuve de tolérance à leur égard, c'est presque humblement que, malgré son assurance intérieure, il soumet son opinion aux autres. Tandis que les sectaires, les charlatans proclament bruyamment leurs dogmes, tandis que chacun de ces doctrinaires étroits crie sans cesse du haut de la chaire que lui seul débite la pure, la vraie doctrine, et que c'est seulement par sa voix que s'exprime la volonté de Dieu, Castellion déclare en toute simplicité : « Je ne m'adresse pas à vous comme un prophète envoyé de Dieu, mais comme un homme de la masse, qui a en horreur les disputes et souhaite seulement que la religion se manifeste non par les querelles, mais par l'amour, non par des pratiques extérieures, mais par le cœur. » Les doctrinaires s'adressent toujours aux autres comme à des écoliers et à des esclaves ; l'homme vraiment humain parle comme un frère à son frère, comme un homme à un autre homme.

Mais un homme vraiment humain peut-il ne pas crier son indignation quand il assiste à des choses qui heurtent brutalement ses sentiments d'humanité ? Sa main peut-elle écrire posément des mots froids, abstraits, quand son âme frémit de colère devant la folie de son époque ? À la longue, Castellion ne peut plus se maîtriser : impossible de se contenter d'écrire des études académiques devant le bûcher de Champel où un innocent a été martyrisé, où un clerc, un théologien a été brûlé vif sur l'ordre d'un autre clerc, d'un autre théologien, et cela au nom d'une religion d'amour. Il le sait : toujours les tyrans ont voulu parer leurs actes de violence d'un idéal quelconque, religieux ou autre. Mais le sang souille toute idée, la violence rabaisse toute pensée. Aussi clamera-t-il la vérité : non, Michel Servet n'a pas été brûlé à la demande du Christ, mais sur l'ordre de Jehan Calvin, car toute la chrétienté serait salie par un tel acte. « Qui, autrement, voudrait devenir chrétien quand il voit que ceux qui confessent le nom de Christ sont meurtris des chrétiens, sans aucune miséricorde, et traités plus cruellement que des brigands ou meurtriers ?... Qui est-ce qui voudrait servir à Christ à telle condition que si, entre tant de controverses, il est trouvé discordant en quelque chose avec ceux qui ont puissance et domination sur les autres, il soit brûlé tout vif par le commandement de Christ ? Voire, quand il réclamerait Christ, à haute voix, au milieu de la flamme, et crierait à pleine gorge qu'il croit en lui. »

« C'est pourquoi, s'écrie Castellion, il faut mettre fin une fois pour toutes à cette folie qu'il est nécessaire de torturer et tuer des hommes uniquement parce qu'ils ont d'autres opinions que les puissants du jour. » Et comme il se rend compte qu'il est seul ou presque sur terre, lui, le petit, le faible, à défendre les persécutés, il élève désespérément sa voix vers le ciel, et c'est dans une fugue extatique de pitié – qui est en même temps une réplique émouvante à ceux qui, comme Calvin, ajoutent à leurs cruautés « un autre péché plus horrible : c'est qu'ils les couvrent sous la robe du Christ et protestent qu'en elles ils servent à sa volonté » – qu'il termine son appel :

« Ô Christ, roi du monde, vois-tu ces choses ? Es-tu si changé et devenu si sauvage et contraire à toi-même ? Quand tu étais sur terre, il n'y avait rien plus bénin ni plus doux que toi, ni plus patient à souffrir injures. Non plus que la brebis devant celui qui la tond, tu n'as pas ouvert la bouche, étant de tous côtés battu de verges, moqué, couronné d'épines : tu as prié pour ceux qui t'ont fait tous ces outrages… Commandes-tu que ceux qui n'entendent pas tes ordonnances et enseignements, ainsi que requièrent nos maîtres, soient noyés, battus de verges, transpercés jusqu'aux entrailles, qu'on leur coupe la tête, qu'ils soient brûlés à petit feu et tourmentés, si longtemps qu'il sera possible, de toutes sortes de tourments ?… Ô Christ, commandes-tu et approuves-tu ces choses ? Ceux qui font ces sacrifices, sont-ils tes vicaires à cet écorchement et démembrement ? Te trouves-tu, quand on t'y appelle, à cette cruelle boucherie, et manges-tu chair humaine ? Si toi, Christ, fais ces choses ou commandes être faites, qu'as-tu réservé au diable qu'il puisse faire ? Fais-tu les mêmes choses que Satan ? Ô blasphèmes horribles, ô méchante audace des hommes qui osent attribuer à Christ les choses qui sont faites par le commandement et instigation de Satan ! »

*

Sébastien Castellion n'aurait-il écrit que la préface du *Traité des hérétiques* et que cette page de la préface que cela suffirait pour que son nom restât à tout jamais dans l'histoire. Car combien solitaire est cette voix, combien son adjuration émouvante a peu d'espoir d'être entendue dans un monde où la force fait taire toute autre considération, où la violence est l'argument suprême ! Mais quoiqu'elles aient été proclamées un nombre incalculable de fois par toutes les religions et toutes les philosophies, il est nécessaire de rappeler sans cesse les revendications les plus élémentaires de l'humanité. « Certes, déclare modestement Castellion, je ne dis rien qui n'ait déjà été dit par d'autres. Mais il n'est jamais inutile de répéter ce qui est vrai et juste jusqu'à ce qu'il s'impose. » Puisque la violence réapparaît à chaque époque sous de nouvelles formes, il faut constamment reprendre la lutte contre elle. Que les hommes de pensée ne reculent pas devant cette lutte sous prétexte qu'on ne peut opposer à la violence la seule force des idées. Car on ne dira jamais trop ce qu'il est nécessaire de dire, on ne criera jamais trop souvent la vérité. Même quand elle ne triomphe pas, l'idée n'en manifeste pas moins son éternelle présence, et qui la sert en une heure aussi critique montre par là qu'aucune terreur n'a de pouvoir sur une âme libre, et que même à l'époque la plus inhumaine on peut faire entendre la voix de l'humanité.

Conscience contre violence

Ce sont toujours ceux qui se font le moins de scrupules à violenter les croyances des autres qui sont les plus sensibles à toute contradiction. Aussi est-ce une chose incompréhensible pour Calvin que le monde se permette de discuter l'exécution de Servet, au lieu de la célébrer avec enthousiasme comme un acte pieux et agréable à Dieu. Cet homme, qui en a fait mourir un autre par le feu à cause d'un simple désaccord sur des principes, demande très sérieusement qu'on s'apitoie sur lui et non sur la victime. « Si tu connaissais seulement la dixième partie des insultes et des attaques auxquelles je suis en butte, écrit-il à un ami, tu aurais pitié de ma triste situation. De tous côtés les chiens aboient après moi, on m'accable des pires injures. Les envieux et les ennemis de mon propre parti m'assaillent à présent avec plus d'acharnement que mes adversaires déclarés du camp papiste. » Calvin est obligé de constater avec dépit que, malgré ses arguments et ses citations bibliques, le monde n'est pas disposé à admettre sans critique la suppression de Servet ; et sa nervosité, indice d'une mauvaise conscience, se change en une sorte de panique dès qu'il apprend qu'à Bâle Castellion et ses amis préparent un libelle contre lui.

La première pensée qui vient à l'esprit d'un caractère despotique est toujours de museler, d'étouffer, de détruire toute opinion opposée à la sienne. À cette nouvelle, Calvin se précipite à son pupitre et, sans avoir lu le *De hæreticis*, presse les synodes suisses d'interdire ce livre, quel qu'il soit, avant sa parution. Plus de discussion, dès lors ! Genève a parlé, *Genava locuta est !* Tout ce que l'on dira désormais au sujet de Servet devra être considéré d'avance comme erroné, absurde, mensonger, sacrilège, du moment que ces propos le contredisent, lui, Calvin. Sa plume fait diligence : le 28 mars 1554, il a déjà écrit à Bullinger qu'on vient d'imprimer à Bâle sous un faux nom un livre dans lequel Castellion et Curione cherchaient à démontrer qu'on ne devait pas user de violence envers les hérétiques. Il ne fallait pas qu'une pareille hétérodoxie se répandît, car il était « pernicieux de se déclarer pour l'indulgence et de nier que les hérésies et les blasphèmes dussent être punis ». Vite, que l'on arrête ce message de la tolérance, et « plaise à Dieu que les pasteurs de l'Église de Bâle se réveillent, même tardivement, pour que le mal ne s'étende pas plus loin ! » Mais cet appel ne lui suffit pas ; le lendemain, Théodore de Bèze, son écho, lance des paroles encore plus énergiques : « On a imprimé le nom de Magdebourg en tête de l'ouvrage, mais ce Magdebourg-là, si je ne me trompe, est sur le Rhin. Il y a longtemps que je savais que là couvaient des horreurs... S'il faut supporter ce que cet impie a vomi dans sa préface, que nous reste-t-il d'intact dans la religion chrétienne ? »

Mais il est déjà trop tard, le *Traité des hérétiques* a prévenu cette tentative d'étouffement, et quand le premier exemplaire arrive à Genève, une véritable vague de terreur déferle sur la ville. Comment ! Il s'est trouvé des hommes pour placer l'humanité au-dessus de l'autorité ? Il faudrait épargner les gens d'une autre croyance et les traiter en frères au lieu de les envoyer au bûcher ? Tout théologien, et non pas uniquement Calvin, pourrait se permettre d'interpréter les Écritures à son gré ? Voilà qui mettrait l'Église en péril – Calvin pense, cela va de soi, son Église. D'un commun accord, ses partisans genevois crient au scandale. Une nouvelle hérésie est née, clament-ils aux quatre vents, une hérésie particulièrement dangereuse, le « bellianisme » – c'est ainsi qu'ils désigneront désormais la doctrine de la tolérance en matière religieuse, d'après le nom de son apôtre, Martin Bellius (Castellion). Étouffons donc rapidement ce foyer infernal avant qu'il ne gagne toute la terre ! Et de Bèze écrit à ce propos : « Depuis le commencement du christianisme, on n'avait jamais entendu de pareils blasphèmes ! »

On tient aussitôt un conseil de guerre à Genève : faut-il riposter ? Le successeur de Zwingli, Bullinger, que les Genevois ont si instamment prié de détruire à temps le *De hæreticis*, les en dissuade sagement : ce livre s'oubliera de lui-même, on ferait mieux de garder le silence. Farel et Calvin,

Traicté des heretiques,

A ſauoir, ſi on les doit perſecuter,
Et comment on ſe doit conduire
auec eux, ſelon l'aduis, opi-
nion, & ſentence de plu-
ſieurs autheurs, tant
anciens, que mo-
dernes,

Grandement neceſſaire en ce temps plein
de troubles, & tres vtile à tous : &
principalement aux Princes & Ma-
giſtrats, Pour cognoiſtre quel eſt
leur office en vne choſe tant difficile,
& perilleuſe.

La prochaine page monſtrera les
choſes contenues en ce Liure.

Celuy qui eſtoit né ſelon la chair, perſecutoit
Celuy qui eſtoit né ſelon l'Eſprit. Gala. 4.

On les vend à Rouen, par Pierre
Freneau, pres les Cordeliers.
1554.

Traité des hérétiques

bouillants d'impatience, s'obstinent à vouloir qu'il soit répondu publiquement. Mais comme celui-ci, après la triste expérience qu'il a faite la première fois qu'il a essayé de se justifier, préfère rester dans l'ombre, il laisse à son jeune disciple, Théodore de Bèze, l'honneur de gagner ses éperons et de mériter la reconnaissance du dictateur en menant une vigoureuse attaque contre la doctrine « satanique » de la tolérance.

*

Théodore de Bèze, homme d'un naturel pieux et sincère, qui, en récompense de plusieurs années de service dévoué, succéda par la suite à Calvin, surpasse encore ce dernier dans sa haine frénétique pour toute velléité de liberté spirituelle – comme toujours le subordonné est plus dangereux que le chef. C'est de lui qu'émane ce mot terrible : *Libertas conscientiæ diabolicum dogma* (la liberté de conscience est une doctrine diabolique). Honnie soit la liberté ! Il est préférable d'exterminer les contradicteurs par le fer et le feu que de tolérer l'audace d'une pensée indépendante ! « Mieux vaut avoir un tyran, voire bien cruel, vocifère de Bèze, que d'avoir une licence telle que chacun fasse à sa fantaisie… Prétendre qu'il ne faut pas punir les hérétiques, c'est comme si l'on disait qu'il ne faut pas punir les meurtriers de père et de mère, vu que les hérétiques sont encore infiniment pires. » D'après ce préambule, on peut se faire une idée du degré de passion qu'atteint ce pamphlet contre le bellianisme. Comment ? Il faudrait traiter avec mansuétude ces « monstres déguisés en hommes » ? Non, la discipline d'abord, l'humanité ensuite. Dans aucun cas et à aucun prix, le chef d'un gouvernement ne doit s'abandonner à la clémence, quand il s'agit de la « doctrine », car ce serait une « charité diabolique et non chrétienne ». C'est la première fois, ce ne sera pas la dernière, que l'on rencontre cette théorie religieuse que l'humanité (*crudelis humanitas*, comme l'appelle de Bèze) est un crime contre le genre humain, lequel ne peut être mené à un but idéologique qu'au moyen d'une discipline de fer et d'une rigueur impitoyable. On n'a pas le droit d'épargner deux ou trois loups dévorants, au risque de leur livrer tout le fidèle troupeau du Christ… « Fi donc de cette soi-disant charité qui est en réalité la pire des cruautés ! » tonne de Bèze dans son ardeur fanatique. Et il conjure l'autorité « de frapper vertueusement les hérétiques de son glaive ». Ce même Dieu dont un Castellion, dans l'excès de sa pitié, implore la miséricorde pour qu'il mette fin aux bestiales tueries de la religion, le pasteur genevois, dans sa haine, le supplie, avec une égale ferveur, d'accorder aux princes de la terre, à seule fin que le massacre continue, « assez de fermeté et de grandeur d'âme pour anéantir ces êtres malfaisants ». Mais l'extermination elle-même des hétérodoxes ne semble pas encore satisfaire son esprit de vengeance spirituelle. Il ne suffit pas de tuer les hérétiques, il faut que leur exécution soit aussi atroce que possible ; et de Bèze excuse d'avance toutes les tortures qu'on pourra inventer dans l'avenir par ce pieux avis : « S'ils devaient être punis selon la grandeur de leur crime, il ne me semble pas qu'on puisse trouver un tourment correspondant à l'énormité du forfait. »

Le simple fait de répéter ces hymnes à la violence, ces féroces argumentations, vous révolte ! Mais il est indispensable de les rapporter fidèlement, mot pour mot, si l'on veut faire comprendre à quel danger les protestants se seraient exposés s'ils s'étaient effectivement laissés entraîner par le ressentiment des fanatiques genevois à une nouvelle inquisition ; et aussi pour célébrer la hardiesse de ces vaillants et de ces sages qui barrèrent la route à de tels forcenés, bien souvent au péril de leur vie. Pour rendre « inoffensive » pendant qu'il en est encore temps l'idée de tolérance, de Bèze exige impérieusement dans son libelle que tout partisan de celle-ci, que tout avocat du bellianisme soit désormais traité en ennemi de la religion chrétienne, en hérétique, c'est-à-dire brûlé. « Il faut appliquer à leur personne le point de doctrine que je veux ici soutenir : à savoir que les blasphémateurs et les hérétiques doivent être réprimés et punis par les magistrats. » Et afin que Castellion et ses amis n'ignorent pas ce qui les attend s'ils continuent à protéger ceux que l'on persécute à cause de leurs croyances, il les avertit sur un ton menaçant que ce n'est pas en indiquant un lieu d'impression apocryphe ni en se mettant à l'abri derrière un pseudonyme « qu'ils échapperont aux poursuites ». « Car, leur crie-t-il, chacun entend bien qui vous êtes et à quoi vous prétendez. Je vous avertis de bonne heure, toi, Bellius, et toi Montfort, ensemble et toute votre ligue ! »

*

Le libelle de De Bèze est clair : il faut que les défenseurs abhorrés de la liberté spirituelle sachent qu'ils risquent leur vie en lançant leurs appels à l'humanité. Et dans son impatience de faire commettre une imprudence à leur chef Sébastien Castellion, de Bèze provoque cet homme courageux entre tous en l'accusant de lâcheté : « Lui qui se montre en toute autre chose tant audacieux et téméraire, raille-t-il, toutefois en ce livre, qui ne parle que de miséricorde et de clémence, il a été si craintif et peureux qu'il n'a osé mettre la tête dehors, sinon déguisé et masqué. » Castellion relève le défi. Puisque l'orthodoxe genevoise veut faire du meurtre de Servet un dogme et une pratique, cet ami passionné de la paix entre ouvertement en lutte. Il a reconnu que le moment d'agir était venu. Si le meurtre de Servet n'est pas porté en dernière instance devant le tribunal de l'humanité tout entière, son bûcher en allumera des milliers d'autres, et ce qui n'a été jusqu'ici qu'un acte criminel isolé va se changer en un principe immuable. Castellion abandonne résolument ses travaux littéraires et scientifiques pour écrire le *J'accuse* de son siècle, dans lequel il inculpe Jean Calvin de meurtre commis sur la place de Champel sur la personne de Michel Servet. Et cette accusation publique, ce *Contra libellum Calvini*, devient grâce à sa puissance morale un des plus sublimes pamphlets contre tous ceux qui tentent d'opprimer la parole au moyen de la loi, la croyance au moyen d'une doctrine, et la conscience, née libre, en recourant à la force éternellement odieuse.

*

Il y a des années que Castellion connaît son adversaire et ses méthodes. Il sait que Calvin transformera toute attaque dirigée contre lui en une attaque contre la « doctrine », la religion, et même contre Dieu. C'est pourquoi il commence par préciser que dans son *Contra libellum Calvini*, il n'approuve ni ne condamne les thèses de Servet et qu'il ne veut à aucun prix entrer dans des questions religieuses ou d'exégèse, il porte uniquement plainte contre un homme, Jehan Calvin, qui en a tué un autre, Michel Servet. Fermement décidé à l'avance à ne donner prise à aucune interprétation sophistique, il expose avec une clarté de juriste, dès les premières lignes de son texte, la cause qu'il se propose de mener à bonne fin. « Jehan Calvin jouit aujourd'hui d'une grande autorité, et je lui en souhaiterais une plus considérable encore si je le voyais animé d'un esprit bienveillant. Or son dernier acte a été une sanglante exécution et il a récemment menacé de nombreux justes. C'est pourquoi moi, qui ai horreur des effusions de sang, je me propose, avec l'aide de Dieu, de dévoiler au monde ses intentions et de ramener dans la bonne voie au moins quelques-uns de ceux qu'il a gagnés à ses idées erronées. »

« Le 27 octobre de l'année dernière, continue Castellion, l'Espagnol Michel Servet a été brûlé vif à Genève à cause de ses convictions religieuses, et cela à l'instigation de Calvin, pasteur de l'Église de cette ville. Cette exécution a soulevé d'innombrables protestations, notamment en Italie et en France. En réponse aux accusations dont il est l'objet, Calvin vient de publier un livre qui est un habile travestissement des faits et dans lequel il se propose de se justifier, de combattre Servet, et en outre de prouver que ce dernier avait mérité la peine de mort. C'est cet ouvrage que je vais analyser. Sans doute, selon sa coutume, l'auteur m'accusera d'être un disciple de Servet, mais que cela ne trouble personne : ce n'est pas la doctrine de Servet que je défends, c'est la fausse doctrine de Calvin que j'attaque. C'est pourquoi je ne discuterai ni de la Trinité ni du baptême, ni d'autres questions de cette espèce. Calvin ayant fait brûler les livres de Servet, je ne les possède pas et ne puis savoir ce qu'ils contenaient. Mais dans toutes les questions qui ne touchent pas au débat doctrinal, je montrerai les erreurs du pasteur de Genève, et chacun pourra voir ce qu'est cet homme altéré de sang. Je n'agirai pas avec lui comme il a agi avec Servet ; après l'avoir fait brûler vivant avec ses livres, il le déchire mort. Et, combattant ses erreurs, il se réfère aux pages et à d'innombrables endroits du volume qu'il a fait brûler : c'est comme si un incendiaire, après avoir réduit une maison en cendres, nous demandait d'aller y chercher quelques vases ou de nous reporter à l'endroit où se trouvaient les chambres. Nous n'avons pas brûlé les livres de Calvin : l'auteur vit et son ouvrage est édité en latin et en français. Personne ne peut nous soupçonner d'avoir changé quoi que ce soit. Je transcrirai d'abord le texte même de Calvin que je veux discuter, et lui donnerai un numéro d'ordre. Ensuite, donnant à ma réponse des chiffres correspondants, je transcrirai mes objections. On pourra de la sorte se faire une opinion rapide. »

Il est impossible de mener une discussion avec plus de loyauté. Dans son livre, Calvin a exposé clairement son point de vue, et c'est ce document facile à consulter qu'utilise Castellion, comme un juge d'instruction se sert des déclarations enregistrées d'un prévenu. La révision morale de la cause de Servet est ainsi conduite d'une façon infiniment plus équitable que le procès de Genève, où l'inculpé avait été enfermé dans un cachot glacial et où on l'avait empêché de prendre un avocat et de produire des témoins. L'affaire Servet doit être réglée comme un problème moral, au grand jour et aux yeux de tous les humanistes du monde.

Les faits sont clairs et indiscutables. Un homme, qui, au milieu des flammes, proclamait encore hautement son innocence, a été férocement exécuté à la requête de Calvin et sur l'ordre du Conseil genevois. Castellion pose ces questions capitales : Quelle faute Michel Servet a-t-il réellement commise ? Comment Jehan Calvin, qui n'exerce aucune fonction publique, mais un sacerdoce, s'est-il permis de remettre une affaire purement théologique entre les mains du Conseil ? Ce dernier était-il qualifié pour condamner l'Espagnol pour cette soi-disant faute ? Enfin, de quel droit et en vertu de quelle loi a-t-on prononcé la peine de mort contre ce théologien étranger ?

*

En premier lieu, Castellion examine les procès-verbaux et les déclarations de Calvin, pour rechercher de quelle faute celui-ci accuse Servet. Et il découvre qu'il ne lui reproche rien d'autre qu'une trop grande liberté dans ses interprétations de la Bible et un inexplicable désir d'innovations. Calvin n'inculpe donc pas Servet d'un autre crime que d'avoir pratiqué l'exégèse sacrée avec trop d'indépendance et d'être arrivé ainsi à d'autres conclusions que les siennes. Castellion repart à l'attaque. Servet a-t-il été le seul parmi les protestants qui ait commenté librement les Écritures ? Et qui oserait affirmer qu'en agissant ainsi il soit allé à l'encontre de l'esprit de la nouvelle doctrine ? Cette interprétation personnelle des textes sacrés n'est-elle pas à la base des revendications de la Réforme ? Les chefs des Églises évangéliques ont-ils fait autre chose que de pratiquer par la parole et par la plume cette façon de voir ? Calvin lui-même et son ami Farel ne se sont-ils pas montrés les plus hardis et les plus résolus, lors de cette transformation et réédification de l'Église ? « Non seulement Calvin s'est livré à une véritable débauche d'innovations, mais il les a si bien imposées qu'il est devenu très dangereux de les contredire ; en fait, il a plus innové lui-même en dix ans que l'Église catholique en six siècles. » Aussi, Calvin, le plus hardi des réformateurs, a-t-il moins que personne le droit d'appeler crime et de condamner toute nouvelle interprétation des Écritures au sein de l'Église protestante.

Mais, persuadé qu'il ne peut se tromper, Calvin juge que ses idées seules sont justes et que toute autre croyance est erronée. Ici, Castellion s'empresse de poser une nouvelle question. Qui a rendu Calvin apte à juger de ce qui est vrai ou faux ? « Il considère décidément comme des écrivains malintentionnés tous ceux qui ne se font pas l'écho de sa doctrine. Aussi demande-t-il non seulement qu'on les empêche d'écrire, mais encore de parler ; de la sorte, lui seul a le droit de débiter tout ce qu'il veut. » Or, ce que justement Castellion conteste une fois pour toutes, c'est qu'un homme ou un parti quelconque puisse avoir la prétention de dire : nous seuls détenons la vérité, et toute opinion autre que la nôtre est erreur. Toutes les vérités, mais surtout celles qui enseignent les religions, sont discutables et obscures. Aussi est-il prétentieux de disputer sur des secrets qui appartiennent à Dieu seul comme si nous étions informés de ses plans les plus cachés ; c'est pur orgueil que de se figurer posséder la certitude sur des choses dont, au fond, nous ne savons rien. Depuis le commencement, tout le mal est venu des doctrinaires qui veulent que leur système soit le seul, l'unique. Ce sont ces sectaires de la pensée et de l'action qui perturbent la paix universelle et qui, par leur tyrannie, transforment la juxtaposition naturelle des idées en opposition et en discorde meurtrière. Castellion reproche alors à Calvin d'être un des responsables de l'intolérance spirituelle : « Toutes les sectes édifient leur religion sur le Verbe de Dieu et toutes la tiennent pour vraie. Aussi, selon la règle de Calvin, elles devraient se persécuter les unes les autres. Il affirme que sa doctrine est certaine. Les autres en disent autant de la leur. Il déclare qu'elles sont dans l'erreur ; elles affirment que c'est lui qui erre. Calvin veut être juge : les autres aussi veulent l'être. Qui jugera ? Qui donc a nommé Calvin juge souverain de toutes les sectes avec le pouvoir exclusif de prononcer la peine de mort ? Sur quel témoignage édifie-t-il son monopole de juge ? Il possède la parole de Dieu ? Mais les autres assurent la posséder aussi. Sa doctrine est indéniable ? Aux yeux de qui ? Aux siens ? Mais les autres aussi prétendent qu'on ne peut nier leur doctrine. Aussi bien, pourquoi écrit-il tant de livres si la vérité qu'il proclame est si évidente ? Il n'a pas publié un seul livre pour démontrer que l'homicide ou l'adultère est un crime : pourquoi ? Si Calvin a pénétré et dévoilé toute la vérité spirituelle, pourquoi ne fait-il pas un peu crédit aux autres pour la comprendre à leur tour ? Pourquoi, au contraire, en les tuant les met-il dans l'impossibilité d'apprendre ? »

Un premier point important est établi. Calvin s'est attribué le pouvoir de juger en matière spirituelle et religieuse. « Ton premier acte, lui reproche Castellion, fut de faire arrêter Servet ; tu l'as emprisonné et tu as écarté des débats, je ne dis pas tout ami de Servet, mais tous ceux qui n'étaient pas ses ennemis. » Il a employé l'éternelle méthode dont se servent les doctrinaires lorsqu'une discussion les gêne, méthode qui consiste à se boucher les oreilles et à réduire les autres au silence. Castellion invite Calvin à s'expliquer : « Dis-moi, maître Calvin, si tu avais un procès avec quelqu'un pour une question d'héritage et que ton adversaire obtînt du juge qu'il le laissât parler seul, cependant qu'il te serait défendu de prendre la parole, ne t'élèverais-tu pas contre cette iniquité ? Pourquoi donc fais-tu aux autres ce que tu ne voudrais pas qu'on te fît ? Nous sommes en procès au sujet de la religion, pourquoi nous fermes-tu la bouche ? Est-ce que, conscient de la faiblesse de ta cause, tu craindrais d'être démasqué ou vaincu et de perdre ton pouvoir de dominateur ? »

*

Castellion interrompt un moment son interrogatoire pour produire un témoin. Un théologien d'une réputation universelle va soutenir contre le ministre Jehan Calvin que les lois divines interdisent de porter devant les tribunaux « tout délit de pensée ». Malheureusement pour celui-ci, ce grand savant auquel Castellion donne la parole n'est autre que

Calvin lui-même. C'est bien contre son gré que le témoin est introduit dans le débat. « Tandis qu'il constate que tout est troublé, Calvin se hâte d'accuser les autres, afin qu'on ne le soupçonne pas lui-même. Il est pourtant manifeste que si quelque chose a pu troubler les consciences, c'est bien son attitude de persécuteur. Le seul fait d'avoir voulu la condamnation de Servet a troublé non seulement Genève mais l'Europe entière. Et l'âme d'un grand nombre en est encore tout endolorie. C'est pourquoi il s'empresse de reprocher aux autres ce qu'il a fait. Jadis, lorsqu'il était parmi ceux qui souffraient de la persécution, il avait un autre langage ; il écrivait de longues pages contre la persécution. Pour que personne n'en doute, je transcris ici un extrait de son *Institutio.* »

Et Castellion cite les paroles du Calvin d'autrefois, paroles pour lesquelles le Calvin d'aujourd'hui eût probablement fait brûler leur auteur. Celui-ci, en effet, ne s'écarte en rien de la thèse que Castellion soutient contre lui lorsqu'il dit textuellement dans la première édition de l'*Institutio* qu'il est « criminel de tuer les hérétiques, que les faire périr par le fer et par le feu, c'est renier tout principe d'humanité ». Certes, aussitôt arrivé au pouvoir, Calvin s'était dépêché d'effacer de son ouvrage cette profession de foi qui, dans la deuxième édition, se trouvait déjà modifiée et avait perdu son caractère franc et net. De même que plus tard Napoléon, devenu consul et empereur, fit détruire le pamphlet jacobin qu'il avait composé dans sa jeunesse, de même ce chef religieux, de persécuté devenu persécuteur, s'était empressé de faire disparaître toute trace de sa déclaration humanitaire. Mais Castellion ne le laisse pas échapper à lui-même. Il répète mot pour mot le passage de la première édition de l'*Institutio* et s'y arrête avec insistance : « Que l'on compare ces déclarations de Calvin avec ses écrits et ses actes actuels, et l'on verra qu'il y a entre son passé et son présent le même conflit qu'entre la lumière et les ténèbres… Parce qu'il a fait périr Servet, il veut maintenant que périssent tous ceux qui pensent autrement que lui. Il renie les règles qu'il avait lui-même édictées… Aussi n'y a-t-il pas du tout lieu de s'étonner qu'il veuille imposer le silence aux autres de crainte que quelqu'un ne mette en lumière son inconstance et ses palinodies. Ayant mal agi, il redoute de la clarté. »

Mais c'est justement cette clarté que Castellion désire. Il faut que Calvin expose au monde en toute franchise les raisons pour lesquelles l'ancien défenseur de la liberté de conscience a fait périr Michel Servet au milieu des plus atroces souffrances. Et l'interrogatoire continue, inexorable.

*

Deux questions sont déjà résolues. En premier lieu, les faits ont prouvé que Michel Servet ne s'est rendu coupable que d'un « délit de pensée » ; ensuite, que s'écarter de l'exégèse orthodoxe ne peut en aucun cas être assimilé à un crime de droit commun. Alors, demande Castellion, pourquoi, dans une affaire purement théorique et abstraite, Calvin, ministre de l'Église, a-t-il eu recours aux autorités laïques pour étouffer une opinion adverse ? Entre savants, les choses de l'esprit ne doivent se régler que par la voie de l'esprit. « Si Servet t'avait combattu avec des armes, tu aurais eu le droit de faire appel aux magistrats. Mais c'est par la plume qu'il a lutté contre toi ; pourquoi donc as-tu répondu à ses écrits par la violence ? Voyons, pourquoi as-tu fait intervenir le Conseil ? » Le glaive n'a rien à voir avec la doctrine, c'est l'affaire du savant. Le magistrat ne doit pas d'autre protection au savant que celle qu'il accorde à un artisan, à un agriculteur, à un médecin ou à un bourgeois quelconque quand on leur cause un tort matériel. Ce n'est qu'au cas où Servet aurait voulu tuer Calvin qu'il appartenait au magistrat de le défendre. Mais comme Servet ne s'est servi que de la plume et du raisonnement, on n'avait le droit de lui demander des comptes qu'en employant les mêmes armes.

Puis Castellion met Calvin dans l'impossibilité de justifier son acte en invoquant un ordre supérieur, émanant de Dieu : pour lui il n'y a pas de commandement divin ou chrétien qui ordonne la mort d'un homme. Si Calvin, dans ses écrits, essaye de s'appuyer sur la loi mosaïque qui exige que l'on extermine les idolâtres par le fer et par le feu, Castellion lui fait cette réponse mordante : « Comment diable Calvin entend-il cette loi qu'il invoque et qui voue à l'extermination les villes où l'on adore d'autres dieux et qui n'épargne ni les troupeaux ni les meubles ? Ainsi donc s'il se trouve un jour à la tête de forces suffisantes, il envahira la France et les nations qu'il tient pour idolâtres ? Il ira, il détruira les villes, il passera tous les hommes au fil de l'épée, il égorgera femmes et enfants, n'épargnant pas ceux qui sont encore au sein de leur mère ? » Si Calvin allègue pour sa justification que c'est provoquer la corruption de la doctrine chrétienne que de ne pas avoir le courage d'amputer un membre gangrené, Castellion réplique : « Rejeter le mécréant hors de l'Église est une affaire qui relève du prêtre et signifie seulement qu'il faut excommunier l'hérétique et l'exclure de la communauté, mais non pas lui ôter la vie. » Ni l'Évangile ni aucun livre de morale au monde ne fait montre d'une pareille intolérance. « Nous diras-tu à la fin si c'est le Christ qui t'a appris à brûler les hommes ? » lance-t-il à Calvin, qui écrit une apologie désespérée « les mains souillées du sang de Servet ». Et comme Calvin s'obstine à répéter qu'il avait été nécessaire de livrer Servet aux flammes pour protéger la doctrine, pour sauver la parole de Dieu ; comme il continue, à l'exemple de tous les violateurs du droit, à invoquer un intérêt supérieur, suprapersonnel, Castellion lui jette au visage ces mots inoubliables, pareils à un lumineux éclair dans la nuit de ce siècle obscur : « Tuer un homme, ce n'est pas défendre une doctrine, c'est tuer un homme. Quand les Genevois ont fait périr Servet, ils ne défendaient pas une doctrine ; ils tuaient un être humain ; on ne prouve pas sa foi en brûlant un homme, mais en se faisant brûler pour elle. »

*

« Tuer un homme, ce n'est pas défendre une doctrine, c'est tuer un homme... » Paroles mémorables et toutes d'humanité, sublimes de vérité et de clarté ! Par ces mots à l'emporte-pièce, Castellion a prononcé à jamais la condamnation de toute persécution de la pensée. Qu'elle soit morale, politique ou religieuse, la raison invoquée pour justifier la suppression d'un homme ne dégage pas la responsabilité de celui qui a commis ou ordonné cet acte. Dans un homicide, il y a toujours un coupable, et aucune idée ne saurait faire excuser un crime. On répand des vérités, on ne les impose pas. Une doctrine n'est pas plus vraie, une vérité plus exacte parce qu'elle se démène avec violence ; ce n'est pas une propagande de brutalité qui la fera se développer au-delà de ses limites naturelles. Au contraire, une opinion, une doctrine acquiert moins de crédit en persécutant les hommes dont elle heurte le sentiment. Les convictions sont le résultat de l'expérience personnelle et ne dépendent que de l'individu auquel elles appartiennent ; on ne les réglemente ni ne les commande. Qu'une vérité se réclame de Dieu et se prétende sacrée autant qu'elle le voudra : rien n'autorise la destruction en son nom d'une vie humaine. Tandis qu'il importe peu à Calvin, le dogmatique, le sectaire, que les hommes, créatures éphémères, périssent au nom d'une idée qu'il juge éternelle, pour Castellion, tout individu qui souffre et meurt pour sa foi est une victime innocente. Mais la contrainte en matière spirituelle n'est pas seulement un crime contre l'esprit, c'est aussi un effort inutile. « Ne forçons personne ! Car la contrainte n'a jamais rendu personne meilleur ! Ceux qui veulent imposer aux gens une croyance agissent aussi stupidement que celui qui voudrait obliger un malade à prendre de la nourriture en la lui enfonçant dans la bouche au moyen d'un bâton. » Que l'oppression des hérétiques prenne fin une fois pour toutes ! « Défends à tes magistrats, Calvin, le droit à la violence et aux persécutions ! Accorde à chacun la liberté de parler et d'écrire, comme le veut saint Paul, lorsqu'il reconnaît à tous le droit de prophétie, et tu verras bientôt ce que peut en ce monde la vérité libérée. »

*

Castellion a étudié tous les faits, répondu à toutes les questions ; au nom de l'humanité outragée, il rend la sentence, l'histoire l'a contresignée. Un homme du nom de Michel Servet, un théologien, « un estudiant de la Sainte Escripture » a été brûlé vif... Sont accusés de ce meurtre Calvin, en tant qu'instigateur moral du procès, et le Conseil de Genève en tant qu'autorité exécutive. Au cours de la révision morale du procès, le cas a été examiné et il a été établi que le tribunal ecclésiastique et le tribunal civil ont outrepassé leurs droits. Le Conseil genevois s'est rendu coupable d'une usurpation de pouvoir « car il n'est pas qualifié pour se prononcer sur une faute religieuse ». Et Calvin est encore plus coupable, lui qui l'a chargé « d'une pareille responsabilité »... « C'est sur ton témoignage, Calvin, et sur celui de tes complices que le Conseil a tué un homme. Et celui-ci était aussi incapable de juger de la cause qu'un aveugle l'est de juger des couleurs. » Calvin est doublement coupable : il l'est aussi bien de la préparation que de la perpétration de ce crime abominable ; quel que soit le motif pour lequel il a livré cet infortuné aux flammes, son acte est un forfait. « De deux choses l'une, lui dit Castellion, tu as fait tuer Servet ou bien parce qu'il pensait ce qu'il disait, ou bien parce qu'il disait ce qu'il pensait. Si tu l'as fait périr parce qu'il parlait selon sa conviction intime, tu l'as tué pour la vérité, car celle-ci consiste à exprimer ce qu'on pense, alors même qu'on serait dans l'erreur. Au contraire, si tu l'as fait mourir à cause d'une conviction erronée, il était de ton devoir, avant d'en arriver là, ou bien de l'amener à d'autres sentiments, ou bien de nous démontrer, textes en main, qu'on doit mettre à mort tous ceux qui errent ou se trompent de bonne foi. » La vérité est que Calvin a sciemment supprimé un contradicteur ; il est donc coupable, trois fois coupable d'assassinat avec préméditation...

*

Coupable ! ce mot retentit dans le temps avec la dureté et l'éclat d'un coup de trompette : le tribunal suprême, l'humanité, a rendu son arrêt. Mais à quoi sert de réhabiliter un mort, qu'aucune réparation ne ressuscitera ? Il s'agit d'abord de protéger les vivants et, en flétrissant un acte inhumain, d'en empêcher une infinité d'autres. Ce ne sont pas les fanatiques pris séparément qui sont dangereux, mais le funeste esprit de fanatisme. Ce ne sont donc pas seulement ces hommes chicaniers, inflexibles et sanguinaires, que le savant doit combattre, mais toute idée aux allures terroristes. « Car les plus cruels tyrans eux-mêmes n'auront pas fait couler autant de sang que vos sauvages exhortations, et vos appels sanguinaires à tous ont déjà fait répandre ou feront répandre dans des temps rapprochés ! » (Paroles prophétiques à la veille d'une guerre de religion qui durera cent ans.) « À moins que Dieu ayant pitié des hommes, les princes et les magistrats, que fascinent et aveuglent vos paroles, ne commencent à ouvrir les yeux et refusent leur ministère à votre œuvre de sang. » Et de même qu'au cours de son charitable plaidoyer en faveur de la tolérance, Sébastien Castellion, incapable de se contenir plus longtemps à la vue des souffrances des persécutés, adressait à Dieu une prière désespérée pour qu'un peu plus d'humanité régnât sur la terre, de même, dans ce libelle contre Calvin, il élève la voix pour proférer une émouvante malédiction contre tous ceux qui, par leurs haineuses chicanes et leur fanatisme, troublent la paix du monde. Dans le feu d'une noble et sainte colère, il termine ainsi son livre : « Ces infâmes persécutions religieuses faisaient déjà rage au temps de Daniel ; et comme on ne trouvait rien à reprendre à sa manière de vivre, ses ennemis se dirent : attaquons-le dans ses convictions. C'est exactement de cette façon qu'on agit aujourd'hui. Quand on ne peut s'en prendre à la moralité d'un adversaire, on a recours à la "Doctrine", et cela est très habile car les tribunaux, incompétents en cette matière, se laissent plus facilement influencer. De cette manière, on opprime les plus faibles tout en faisant résonner bien haut la parole de la "Sainte Doctrine" ! Ah ! votre "Sainte Doctrine" !... combien le Christ la réprouvera au jour du Jugement dernier ! Il vous demandera compte de votre conduite et non pas de vos dogmes. Et quand vous lui direz : "Seigneur, nous avons été avec Toi, nous avons enseigné selon ton esprit", il vous répondra : "Éloignez-vous de moi, assassins !... Ô aveugles, ô illuminés ! ô incorrigibles et sanguinaires hypocrites ! Quand finirez-vous par reconnaître la vérité, et quand les juges de la terre cesseront-ils de répandre à plaisir le sang des hommes !" »

Le triomphe de la force

Rarement pamphlet aussi violent et aussi passionné que le *Contra libellum Calvini* de Castellion fut écrit contre un despote. Par sa clarté, sa force de vérité, il doit convaincre même les plus indifférents que c'en est fait à tout jamais de la liberté de pensée, si l'on ne résiste pas à temps à l'Inquisition genevoise. Aucun doute n'est possible : après les preuves irréfutables apportées par Castellion, la condamnation de Calvin sera approuvée unanimement. L'homme qu'il a pris à la gorge d'une poigne si vigoureuse semble être définitivement hors de combat et son doctrinarisme intransigeant a reçu un coup mortel.

Mais il n'en est rien cependant. Le manifeste de Castellion et son appel éloquent à la tolérance n'ont pas le moindre effet sur les contemporains, et ce pour la raison bien simple que le livre ne peut être imprimé, que sur l'ordre de Calvin la censure l'interdit avant qu'il puisse atteindre et soulever la conscience européenne.

Au dernier moment, alors que des fragments en circulent déjà dans certains milieux à Bâle, alors que tout est prêt pour l'impression, les dirigeants de Genève, admirablement informés par leurs espions, ont été mis au courant de l'attaque dangereuse que Castellion prépare contre leur autorité. Et ils prennent les devants. C'est en de telles occasions que se manifeste la supériorité écrasante d'une organisation d'État sur l'individu isolé : Calvin, qui a fait brûler un homme coupable de penser autrement que lui, peut, grâce à la censure, défendre librement son crime, mais Castellion, qui veut élever une protestation au nom de l'humanité, se voit refuser la parole. En fait, la ville de Bâle n'a aucune raison d'interdire à un de ses citoyens, professeur de son Université, au surplus, une polémique littéraire avec Calvin, mais ce dernier, dont l'habileté est magistrale, utilise adroitement les moyens politiques. On met debout une affaire diplomatique : ce n'est pas Calvin personnellement, mais la ville de Genève, qui adresse une plainte officielle pour attaques contre la religion. Le Conseil de la ville de Bâle et l'Université se trouvent ainsi placés devant cette alternative : ou refuser à un écrivain libre le droit de s'exprimer, ou entrer en conflit avec le puissant État genevois. Comme toujours, les considérations politiques l'emportent sur le droit ; les membres du Conseil préfèrent sacrifier l'individu isolé et décrètent l'interdiction d'imprimer aucun écrit qui ne soit strictement orthodoxe. De sorte que la publication du *Contra libellum Calvini* est rendue impossible et que Calvin peut dire en se réjouissant : « Il va bien que les chiens qui aboient derrière nous ne nous peuvent mordre. »

Comme Servet par le bûcher, Castellion a été réduit au silence par la censure ; une fois de plus l'« autorité » a été sauvée grâce à la terreur. Castellion est condamné à l'impuissance, il ne peut plus écrire et, ce qui est encore plus grave, il ne peut plus se défendre contre les attaques redoublées de ses adversaires. Près d'un siècle s'écoulera avant que le *Contra libellum Calvini* puisse voir le jour. Le mot de Castellion : « Pourquoi fais-tu donc aux autres ce que tu ne voudrais pas qu'on te fît ? Nous sommes en procès au sujet de la religion, pourquoi nous fermes-tu la bouche ? », ce mot est devenu une réalité cruelle.

Contre la terreur il n'y a pas de droit qui tienne. Là où règne la force, il n'y a aucun recours pour les vaincus. Castellion doit donc se résigner à subir l'injustice, mais ce qui console pour toutes les époques où la force prime le droit, c'est le mépris souverain de celui qui a été vaincu par elle. « Vos paroles et vos armes, écrit-il, sont celles du despotisme dont vous rêvez, cette domination plus temporelle que spirituelle, qui n'est pas fondée sur l'amour de Dieu, mais sur la contrainte. Cependant, je ne vous envie ni votre force ni vos armes. J'en ai d'autres, la vérité, le sentiment de la justice, et le nom de celui qui me vient en aide et m'accordera sa grâce. Même opprimée pour un certain temps par ce juge aveugle qu'est le monde, la vérité ne reconnaît aucune force au-dessus d'elle. Laissons de côté le jugement d'un monde qui a tué le Christ, ne nous soucions pas de son tribunal, devant lequel seule triomphe la cause de la violence. Le véritable royaume de Dieu n'est pas de ce monde. »

*

Une fois de plus, la violence a triomphé, et ce qui est encore plus tragique, le pouvoir de Calvin n'a pas été ébranlé par son acte de cruauté mais s'en trouve au contraire renforcé d'une façon surprenante. Car il est inutile de chercher dans l'histoire la morale pieuse et la justice touchante des manuels scolaires. Il faut s'y résigner : l'histoire ne connaît ni justice ni injustice. Pas plus qu'elle ne punit le crime, elle ne récompense la vertu. Reposant tout entière sur la force, et non sur le droit, elle favorise presque toujours les hommes de violence ; dans les luttes temporelles, le cynisme et la brutalité sont plutôt un avantage qu'un inconvénient.

Attaqué pour sa dureté, Calvin a compris qu'une seule chose peut le sauver : faire preuve de plus de dureté encore, d'une brutalité plus impitoyable. Sans cesse se vérifie cette règle générale que quiconque a eu recours à la violence doit continuer à en user, qui a commencé à employer la terreur est obligé d'en aggraver les mesures. La résistance rencontrée par Calvin pendant et après le procès de Servet ne fait que le renforcer dans cette conviction que pour dominer, les méthodes d'intimidation et de répression légales sont insuffisantes, et que seule la conquête de la totalité du pouvoir assure la destruction totale de toute opposition. Au début, Calvin s'était contenté de paralyser par des moyens légaux la minorité républicaine au Conseil de Genève en modifiant adroitement en sa faveur les listes électorales. À chaque séance du Conseil, de nouveaux réfugiés protestants de France, qui dépendaient de lui matériellement et moralement, étaient faits citoyens de Genève et inscrits automatiquement sur lesdites listes : il se proposait de cette manière de transformer peu à peu en sa faveur l'opinion du Conseil, de remettre les uns après les autres tous les postes à ses partisans et de supprimer complètement l'influence des vieux patriciens républicains. Mais cette tendance à l'élimination systématique des éléments autochtones est trop visible pour qu'elle échappe aux patriotes genevois ; les démocrates qui ont versé leur sang pour l'indépendance de Genève finissent, quoique tardivement, par s'inquiéter. Ils tiennent des réunions secrètes, ils délibèrent sur les moyens à employer pour défendre les derniers restes de leur vieille liberté contre le despotisme des puritains. Les esprits s'échauffent. Des disputes violentes éclatent dans la rue entre les éléments autochtones et les émigrés et, en fin de compte, une mêlée se produit au cours de laquelle deux personnes sont blessées par des pierres.

C'est le prétexte qu'attendait Calvin pour accomplir le coup d'État qui va lui assurer la totalité du pouvoir. La bagarre est transformée en « complot effroyable » qui n'a échoué que par la « grâce divine ». On arrête les chefs du parti républicain, qui ne sont en rien mêlés à cette affaire, et on les tourmente jusqu'à ce qu'ils « avouent » – ce dont le dictateur a besoin pour atteindre ses buts – qu'une insurrection avait été projetée au cours de laquelle Calvin et les siens devaient être assassinés et des troupes étrangères introduites dans la ville. Sur la base de ces « aveux » arrachés par la torture, le bourreau peut enfin commencer son office. Tous ceux qui ont opposé la moindre résistance à Calvin sont exécutés, sauf quelques-uns qui ont réussi à prendre la fuite. Il a suffi d'une seule nuit pour qu'il n'y eût plus à Genève d'autre parti que celui de Calvin.

*

Après une victoire si complète, après cette suppression radicale de ses derniers opposants genevois, le dictateur pourrait enfin se calmer et faire preuve de tolérance. Mais nous savons depuis Thucydide, Xénophon et Plutarque que les oligarques sont toujours plus intolérants après le triomphe. C'est la tragédie de tous les despotes, qu'ils craignent encore les esprits indépendants même quand ils les ont réduits à l'impuissance. Il ne leur suffit pas qu'ils se taisent, le seul fait qu'ils ne les approuvent pas et ne se joignent pas à la troupe de leurs courtisans donne à leur simple existence le caractère d'un scandale terrible. Et c'est précisément parce que, depuis ce coup d'État brutal, Calvin s'est débarrassé de tous ses adversaires politiques qu'il dirige maintenant contre l'adversaire moral toutes ses attaques avec une violence redoublée.

La grande difficulté sera de faire sortir Castellion de son silence, car il est fatigué de la lutte. Les natures douces et élevées comme la sienne ne sont pas faites pour la lutte permanente. L'insistance fanatique des hommes de parti et leur prosélytisme opiniâtre lui semblent indignes d'un intellectuel. Son opinion une fois manifestée, il lui paraît superflu de vouloir sans cesse convaincre le monde qu'elle est la seule juste. Il a dit son mot dans le cas Servet, il a, au mépris de tous les dangers, pris la défense des persécutés et s'est opposé à l'emploi de la terreur contre la conscience plus énergiquement qu'aucun homme de son temps. L'époque ne lui a pas été favorable, il attendra tranquillement qu'une occasion se présente pour se relancer à corps perdu dans la bataille contre l'intolérance. Profondément déçu, mais pas du tout ébranlé dans ses convictions, il est retourné à ses occupations. L'Université lui a enfin confié une chaire de professeur, il achève la grande œuvre de sa vie, sa double traduction de la Bible. Pendant les années 1555 et 1556, après qu'on lui a arraché l'arme de la parole, son activité de polémiste cesse complètement.

Cependant, les Genevois savent par leurs espions qu'il n'en maintient pas moins dans le cercle étroit de l'Université son point de vue humaniste ; on lui a interdit d'écrire, mais on ne peut l'empêcher de parler. Avec colère, les croisés de l'intolérance constatent que ses idées de tolérance et ses arguments irréfutables contre la doctrine de la prédestination ont de plus en plus de succès parmi les étudiants. Un homme d'une haute moralité agit par le seul fait de son existence, par le seul rayonnement de sa personnalité, et, quoique réduite en apparence à un cercle restreint, son action s'étend insensiblement et sans arrêt, comme une vague, au loin. Puisque Castellion reste dangereux et ne veut pas se soumettre, il faut briser à temps son influence. Avec beaucoup de ruse, on lui tend un piège pour l'attirer de nouveau dans la lutte, et un de ses collègues de l'Université s'offre à jouer le rôle d'agent provocateur. Dans une lettre très amicale, comme s'il ne s'agissait pour lui que d'une question d'ordre purement philosophique, il prie Castellion de bien vouloir lui exposer son point de vue sur la théorie de la prédestination. Castellion se déclare prêt à une discussion publique, mais à peine a-t-il ouvert la bouche que l'un des assistants se lève et l'accuse d'hérésie. Castellion comprend tout de suite où l'on veut en venir. Au lieu de tomber dans le piège et de défendre sa thèse (ce qui donnerait à ses adversaires des bases suffisantes pour étayer une accusation), il interrompt brusquement le débat, et ses collègues de l'Université empêchent l'affaire d'aller plus loin. Mais Genève n'abandonne pas si facilement la partie. Cette première tentative ayant échoué, on change rapidement de tactique. Comme Castellion ne se laisse pas entraîner dans des discussions dangereuses, on cherche à l'exciter à l'aide de toutes sortes de bruits et de calomnies. On se moque de sa traduction de la Bible, on le rend responsable de tracts et de pamphlets anonymes, on répand contre lui les mensonges les plus haineux, et tout d'un coup, comme sur un signal, la tempête se déchaîne.

Mais justement, cet excès de zèle montre à tous les esprits impartiaux qu'après avoir ôté à Castellion la possibilité de se défendre, c'est à sa vie qu'on en veut maintenant. Cette persécution effrénée lui crée de tous les côtés des amis, et voici que d'une façon inattendue l'apôtre de la Réforme en Allemagne, Melanchthon, se met d'une façon catégorique à ses côtés. Lui aussi, comme autrefois Érasme, est écœuré par les menées sauvages de tous ces gens qui ne voient pas le sens de la vie dans la conciliation, mais dans la lutte, et spontanément, il envoie cette lettre à Castellion :

« Jusqu'ici je ne vous ai rien écrit, c'est qu'au milieu d'affaires dont la multitude et la barbarie m'accablent, il me reste bien peu de temps pour ce genre de correspondance qui me plairait davantage. Et puis, souvent aussi, ce qui m'arrête, c'est qu'en voyant les horribles malentendus entre ceux qui se donnent pour les amis de la sagesse et de la vertu, je me sens gagné par une immense tristesse. Pourtant, à voir votre manière d'écrire, je vous ai toujours estimé... Je veux que cette lettre soit auprès de vous un témoignage de mon jugement et un gage de véritable sympathie : je souhaite qu'une amitié éternelle nous unisse.

« En déplorant, je ne dirai pas les discordes, mais les haines cruelles dont quelques-uns poursuivent les amis de la vérité et de la science prise à ses sources, vous augmentez une douleur que je porte partout avec moi. La fable raconte que du sang des Titans naquirent les Géants : c'est à peu près de même que de la semence des moines sont sortis ces nouveaux sophistes qui, dans les cours, les familles, le peuple, cherchent à régner et se croient gênés par la lumière des lettres. Mais Dieu saura bien préserver quelques restes de son troupeau.

« En attendant, nous n'avons qu'à supporter avec sagesse ce que nous ne pouvons changer. Pour moi, la vieillesse même est un adoucissement à ma douleur. J'espère partir bientôt pour l'Église céleste, bien loin des fureurs qui agitent si horriblement l'Église d'ici-bas... Si je vis, je causerai avec vous, de vive voix, de bien des choses. Adieu. »

*

Écrite pour servir de sauvegarde à Castellion, cette lettre est immédiatement recopiée à de nombreux exemplaires, qui circulent de main en main. Elle est en même temps un avertissement à Calvin d'avoir à cesser enfin ses persécutions absurdes contre un grand savant estimé de tous. Et en fait, elle agit puissamment dans les milieux humanistes ; même les amis intimes de Calvin s'efforcent de le persuader de faire enfin la paix. C'est ainsi que le grand savant Baudouin lui écrit : « Tu as pu savoir d'abord combien il (Melanchthon) condamnait ton acharnement à poursuivre cet homme ; ensuite combien il était loin d'approuver tous tes paradoxes. Est-ce donc de la droiture de traiter Castellion comme un second Satan, et en même temps d'adorer Melanchthon comme un ange ? »

Mais quelle erreur de croire qu'on peut convaincre ou apaiser un fanatique ! La lettre de Melanchthon – paradoxe ou chose logique – produit sur Calvin juste l'effet contraire à celui qu'on attendait. Le fait qu'on accorde à son adversaire de l'estime accroît encore sa colère. Calvin sait trop bien que ces savants pacifistes sont pour son absolutisme des adversaires encore plus dangereux que Rome, Loyola et ses Jésuites. Car ce qui l'oppose à ceux-ci, c'est seulement une affaire de dogme, de doctrine, tandis que dans sa querelle avec Castellion, ce qui est en jeu c'est le principe même de son action, l'idée d'autorité, la question de l'orthodoxie, et l'on sait que dans toutes les guerres, le pacifiste de l'intérieur est plus dangereux que l'ennemi du dehors, même le plus combatif. Précisément parce que la lettre de Melanchthon a accru aux yeux du monde le prestige de Castellion, Calvin ne connaît plus d'autre but que d'écraser son adversaire. C'est maintenant que commence la véritable lutte, la lutte à mort.

Ce qui prouve qu'il s'agit bien là d'une lutte à mort, c'est le fait que Calvin entre personnellement en scène. De même que dans le cas Servet, dès qu'il fallut porter le coup décisif, il écarta son homme de paille Nicolas de la Fontaine pour prendre lui-même le glaive, il ne se sert plus désormais de son lieutenant Théodore de Bèze. Il n'est plus question pour lui de droit ou d'injustice, de texte de la Bible et d'interprétation, de vérité ou de mensonge, mais seulement d'écraser complètement, une fois pour toutes, Castellion. Certes, il n'y a pas pour le moment de raison de l'attaquer, car il s'est replongé entièrement dans ses occupations littéraires. Mais si l'on ne trouve aucun prétexte pour se jeter sur lui, on en créera. La découverte d'un libelle anonyme par les espions de Calvin dans les bagages d'un marchand vient à propos. À vrai dire, il n'existe pas la moindre preuve que l'auteur soit Castellion, et en fait il n'en est rien. Mais *delenda Carthago*, il faut l'écraser à tout prix ; c'est ainsi que Calvin utilise cet écrit pour accabler Castellion des injures les plus grossières. Son pamphlet intitulé : *Calumniæ nebulonis cujusdam* (Calomnies d'un vaurien) n'est pas le livre d'un théologien contre un autre théologien, mais seulement une explosion de rage : Castellion y est couvert d'insultes dignes d'une harengère, traité de voleur, de coquin, de blasphémateur. On va jusqu'à accuser le professeur de l'Université de Bâle d'avoir volé du bois en plein jour. Cet opuscule haineux où la rage de l'auteur s'accroît de page en page se termine par ce cri de fureur : « Que Dieu t'écrase, Satan ! »

*

Le libelle de Calvin peut être considéré comme l'un des exemples les plus remarquables du trouble dans lequel la haine de parti peut jeter un homme de haute intelligence. On ne comprend pas qu'un individu profondément religieux, qui connaît le poids de chaque mot et la valeur morale de son adversaire, recoure à de pareilles injures. Ce pamphlet montre de plus combien il est dangereux pour un homme politique de ne pas savoir maîtriser ses sentiments. Car sous l'impression de l'injustice inouïe des attaques de Calvin, le Conseil de l'Université de Bâle lève l'interdiction d'écrire qui pesait sur Castellion. Une faculté de réputation européenne ne peut pas accepter, sa dignité s'y refuse, qu'un de ses professeurs soit accusé devant le monde d'être un vulgaire voleur, un coquin, un vagabond. Étant donné qu'il ne s'agit plus ici d'une discussion portant sur la doctrine, mais d'une accusation d'ordre personnel, le Sénat permet à Castellion de répondre publiquement.

Cette réponse est un modèle de polémique courtoise et humaine. Aucune injure ne peut parvenir à injecter le poison de la haine à cet homme par-dessus tout tolérant, aucune grossièreté à le rendre grossier. Quel calme et quelle distinction dès le début : « C'est sans enthousiasme que je te suis sur ce terrain et que j'en viens à ce genre de polémique. Combien il m'eût été plus doux de discuter avec toi en toute fraternité et dans l'esprit du Christ, et non à la façon des païens, avec des injures qui ne peuvent que porter un grand préjudice à l'Église. Mais puisque, par toi ou tes amis, mon rêve de vie paisible est impossible, je pense qu'il n'est pas contraire à mon devoir de chrétien de répondre avec modération à tes attaques passionnées... » Castellion dévoile alors la façon d'agir malhonnête de Calvin qui, dans la première édition de son ouvrage, l'avait dénoncé comme l'auteur du pamphlet, mais dans la seconde, sans aucun doute instruit entre-temps de son erreur, ne lui en attribuait plus la paternité, sans avoir toutefois la loyauté de reconnaître qu'il s'était trompé. Puis il le secoue d'une poigne vigoureuse : « Oui ou non, as-tu vu que tu m'attribuais faussement ces articles ? Je ne puis le deviner, mais ou bien tu m'accuses alors que tu sais que c'est faux, et c'est là un acte de fourberie, ou bien tu n'étais pas fixé, et c'est pour le moins téméraire. C'est un dilemme. Dans l'un et l'autre cas, ton attitude n'est pas belle, car tout cela est faux. Je ne suis pas l'auteur de ces articles et je ne les ai nullement envoyés à Paris pour y être imprimés. Si leur divulgation est criminelle, c'est toi que l'on doit accuser, car c'est toi qui les as fait connaître. »

Après avoir montré à l'aide de quels prétextes sans fond Calvin l'a attaqué, Castellion s'en prend à la forme grossière de l'attaque : « Tu es très fécond en invectives. C'est de l'abondance du cœur que ta bouche parle. Dans ton libelle latin, tu m'appelles successivement blasphémateur, calomniateur, esprit malfaisant, chien aboyeur, être d'ignorance et de bestialité, rempli d'impudence, imposteur, corrupteur impie des lettres sacrées, bouffon qui se moque de Dieu, contempteur de toute religion, impudent personnage, chien impur, être d'impiété et obscène, à l'esprit tortueux et perverti, vagabond, mauvais sujet. Huit fois tu m'appelles vaurien (c'est ainsi que j'interprète *nebulo*), et ces aménités, tu réussis à les développer avec complaisance dans un pauvre petit livre de deux feuilles d'imprimerie. Ton livre s'intitule *Calomnies d'un vaurien*, et la dernière phrase est celle-ci : "Que Dieu t'écrase, Satan !" Ce qui se trouve entre ces deux extrêmes est du même style. Voilà, certes, un homme dont le sérieux apostolique s'impose. Voilà, certes, un réel exemple de douceur chrétienne. Malheur au peuple que tu conduis, s'il s'inspire de ta pensée et s'il est vrai que les disciples ressemblent au maître. Pour moi, cependant, tes injures ne m'émeuvent nullement. Un jour, la vérité crucifiée ressuscitera. Et toi, Calvin, tu rendras compte à Dieu des injures dont tu as couvert quelqu'un pour lequel aussi Christ est mort. Est-ce que vraiment tu n'as pas honte ? Est-ce que les paroles du Christ ne mettent en ton âme aucun trouble : "Celui qui se mettra en colère contre son frère sans cause sera passible du jugement, celui qui appellera son frère mauvais sujet sera jeté dans les ténèbres du dehors" ? »

C'est avec gaîté que Castellion réfute, dans le sentiment souverain de son innocence, l'accusation de Calvin selon laquelle il aurait volé du bois à Bâle : « Certes, raille-t-il, voilà un crime bien grave, s'il est vrai. Mais bien grave est la calomnie, s'il est faux. Supposons pourtant qu'il soit vrai. Si j'ai volé parce que (ici Castellion fait allusion à la théorie de la prédestination chère à Calvin) j'y étais prédestiné, comme tu l'enseignes, pourquoi m'insultes-tu ? Ne devrais-tu pas plutôt avoir pitié de moi, puisque Dieu m'a créé pour cette destinée et qu'il ne m'est pas possible de ne pas voler ?... Pourquoi remplis-tu le monde du bruit lamentable de mes vols ?... Est-ce pour que je m'abstienne à l'avenir de voler ? Mais si c'est par nécessité que je vole, tu ne peux que m'absoudre dans tes écrits en vertu de la fatalité qui pèse sur moi : il ne m'est pas moins impossible de m'abstenir de voler que d'ajouter une coudée à ma taille !... » Et il expose alors les faits. Comme cent autres il avait, lors des inondations du Rhin, amené à lui, à l'aide d'une gaffe, des bois flottants, dont il se servait pour se chauffer, ce qui non seulement était autorisé par la loi, mais même expressément désiré par le Conseil, car ces bois flottants étaient une véritable menace pour la sécurité des ponts. Il peut même prouver que, comme beaucoup d'autres « larrons » de son genre, il a un jour reçu du Sénat de Bâle un quart d'écu d'or en récompense de ces « vols » qui représentaient en réalité un travail pénible et dangereux !

Il est inutile ici de chercher des explications : dans son désir furieux d'écraser à tout prix son adversaire, Calvin a altéré la vérité avec autant d'audace que dans le cas Servet. Mais jamais il n'a réussi à trouver quoi que ce soit entachant l'honneur de Castellion. « Tous peuvent juger de mes écrits, répond tranquillement ce dernier, et je ne redoute la sentence de personne si l'on me juge sans haine. De l'austérité de ma vie, tous ceux qui m'ont connu, depuis mon adolescence, peuvent en témoigner et, si besoin est, je tiens à ta disposition des témoignages innombrables. Mais tout cela est-il bien nécessaire ? Ton témoignage à toi et celui des tiens, ne suffit-il pas ?...

« Aussi bien tes propres élèves ont reconnu plus d'une fois qu'on ne saurait élever le moindre doute sur l'austérité de ma vie. Mais comme ma doctrine diffère de la tienne, ils se contentaient d'affirmer que j'étais dans l'erreur. Comment donc oses-tu publier sur moi de telles choses et en appeler au témoignage de Dieu ? Ne vois-tu pas, Calvin, combien c'est effrayant d'invoquer le témoignage de Dieu sur des accusations que seules la colère et la haine te dictent ? Moi aussi, certes, j'en appelle à Dieu, mais alors que tu l'invoques pour m'accuser avec véhémence devant les hommes, je l'invoque (et c'est pour moi d'un prix inestimable) parce que je me sens faussement accusé. Si je mens et si tu dis vrai, alors je prie Dieu qu'il me punisse selon la mesure de mon crime, et je demande aux hommes de m'enlever et la vie et l'honneur. Mais si je dis la vérité et que tu sois un faux accusateur, je demande à Dieu qu'il me protège contre les embûches de mes adversaires, et qu'avant ta mort il te donne, à toi, de regretter ta conduite afin que ce péché ne porte pas préjudice au salut de ton âme. »

*

Quelle différence de ton, quelle supériorité de l'homme libre et sans préjugé sur l'individu figé dans son orgueil ! Éternel antagonisme de l'homme paisible, qui ne veut rien d'autre que de pouvoir dire son opinion, et du sectaire qui ne peut tolérer que le monde entier ne boive pas, ne répète pas ses paroles. Chez le premier, la conscience claire et pure s'exprime d'une façon mesurée, chez le second, le désir de domination hurle ses invectives et ses menaces. Mais la vraie clarté ne se laisse troubler par aucune haine. Les actes les plus purs ne sont pas imposés par le fanatisme, ils sont le calme résultat de la maîtrise de soi et de la modération.

Malheureusement, ce qui importe aux hommes de parti, ce n'est jamais la justice, mais toujours la victoire. Ce qu'ils veulent, ce n'est pas donner raison, mais avoir raison. À peine la réponse de Castellion a-t-elle paru que la tempête se déchaîne de nouveau. Certes, on a renoncé aux injures personnelles telles que « chien aboyeur », « chien impur », et à la fable stupide du vol de bois ; cette fois l'attaque a été portée sur un autre domaine : celui des controverses théologiques. De nouveau les presses genevoises, encore imprégnées des dernières calomnies, sont mises en mouvement, et une fois de plus, nous revoyons Théodore de Bèze au premier plan. Plus fidèle à son maître qu'à la vérité, il se livre dans sa préface à l'édition officielle genevoise de la Bible (1558) à une attaque d'une telle méchanceté contre Castellion qu'elle produit, surtout à telle place, une impression générale extrêmement pénible : « Satan, notre ancien adversaire, y lit-on, voyant qu'il ne peut plus empêcher le cours de la parole de Dieu, comme il a fait pour un temps, nous assaille par un autre moyen plus dangereux... Pendant longtemps, il n'y a eu aucune traduction française de la Bible, tout au moins pas une traduction des Saintes Écritures qui méritât ce nom, mais maintenant Satan a trouvé autant de traducteurs qu'il y a d'esprits frivoles et insolents, et il en trouvera peut-être encore plus, si Dieu n'y met pas fin à temps. Si on en demande quelque exemple, nous en produirons un qui servira pour plusieurs, c'est à savoir la translation de la Bible latine et française, mise en avant par Sébastien Castellion, homme si bien connu en cette Église, tant par son ingratitude et impudence, que par la peine qu'on a perdue après lui pour le réduire en bon chemin, que nous ferions conscience non seulement de taire son nom (comme jusques ici nous avons fait), mais aussi de n'avertir tous chrétiens de se garder d'un tel personnage comme instrument choisi de Satan. »

Il est difficile de recommander plus nettement un savant au tribunal des hérétiques. Mais Castellion, « instrument choisi de Satan », n'est plus tenu maintenant de se taire ; encouragé par la lettre de Melanchthon, le Sénat de l'Université lui a une fois de plus donné la permission de se défendre.

La réponse de Castellion à Théodore de Bèze est remplie d'une tristesse profonde, on pourrait même dire, presque mystique. Ce pur humaniste éprouve un sentiment de pitié à constater que des intellectuels peuvent haïr de la sorte. Certes, il sait très bien que ce qui importe avant tout aux amis de Calvin ce n'est pas la vérité, mais le monopole de leur vérité, et qu'ils ne s'arrêteront pas avant de s'être débarrassés de lui comme ils l'ont fait jusqu'ici de tous leurs adversaires ; cependant la noblesse de ses sentiments ne lui permet pas de descendre dans ces bas-fonds de la haine : « Vous excitez, vous exhortez les magistrats à ma mort, écrit-il (cela, malgré que j'en sois absolument convaincu, je n'oserais pas le dire si ce n'était pas publiquement affirmé dans vos livres). Mort, je ne pourrais plus vous démentir. Ma vie vous est un vrai cauchemar. Voyant que les magistrats ne cèdent pas à votre pression ou du moins qu'ils n'y cèdent pas encore (ce qui pourrait changer d'ici peu), vous vous efforcez de me rendre odieux… » Quoiqu'il sache parfaitement que c'est à sa vie qu'en veulent ses adversaires, c'est à leur conscience qu'il s'adresse : « Je vous en prie, demande-t-il à ces serviteurs de la parole du Christ, dites-moi ce qui, dans votre conduite à mon égard, s'inspire de l'esprit du Christ ? Le Christ ? Au moment même où le traître le livre aux mercenaires, c'est avec bonté qu'il lui adresse la parole : il lui donne le titre d'ami. Sur la croix, il prie pour ses bourreaux. Vous ? Parce que je diffère avec vous sur quelques opinions, vous me poursuivez avec malveillance dans tous les pays du monde. Vous excitez même les autres à me poursuivre de leur haine… Quelle amertume doit se cacher en vos discours, lorsqu'ils reçoivent de votre vie un démenti aussi catégorique : “Celui qui hait son frère est un meurtrier...” Voilà des préceptes de vérité, clairs, évidents, accessibles à tous, dégagés de ces voiles théologiques qui obscurcissent, et vous les enseignez et vous les confessez par la parole et par vos livres. Pourquoi ne les confessez-vous pas aussi par votre vie ? »

Théodore de Bèze, Castellion ne l'ignore pas, n'est qu'un homme de paille. Ce n'est pas de lui que part l'attaque qu'il a signée, mais de Calvin. C'est pourquoi, par-dessus Théodore de Bèze, c'est à Calvin qu'il s'adresse. Sans aucune crainte, les yeux fixés dans les yeux de son adversaire, il l'apostrophe : « Voici, tu t'octroies le titre de chrétien. Tu acquiesces à l'Évangile, tu te réclames de Dieu et te vantes de connaître sa volonté... tu prétends posséder la vérité évangélique. Eh bien, toi qui enseignes les autres, pourquoi ne t'enseignes-tu pas toi-même ? Toi qui proclames en chaire qu'il ne faut pas médire, pourquoi remplis-tu tes livres de médisances ? Vous qui vous élevez avec tant de véhémence contre les calomniateurs, pourquoi calomniez-vous tout en flétrissant pieusement la calomnie ? Vous qui flagellez si cruellement mon orgueil, pourquoi me condamnez-vous avec tant de superbe, avec tant d'arrogance, comme si vous siégiez au tribunal de Dieu et que vous fussent dévoilés les secrets de mon cœur ?... Entrez enfin en vous-même et hâtez-vous de peur qu'il ne soit trop tard. Faites en sorte, si c'est possible, de douter un instant de vous, et vous verrez ce que déjà tant d'autres voient ! Déposez cet amour du moi qui vous consume et la haine des autres, et en particulier celle que vous nourrissez contre ma personne. Rivalisons ensemble de charité et vous découvrirez que mon impiété n'est pas plus réelle que l'infamie dont vous essayez de me couvrir. Souffrez que je diffère avec vous en quelque doctrine. N'est-ce pas un fait constant qu'entre plusieurs personnes pieuses il peut y avoir divergence d'opinion et unité de cœur ? »

Il est difficile de montrer plus d'affabilité, plus grand esprit de conciliation dans une lettre à des sectaires et à des doctrinaires. Et certes, si la grandeur de ses sentiments nous est déjà connue, on peut dire néanmoins que dans cette lutte qui lui a été imposée, Castellion incarne plus que jamais l'idée de tolérance. Au lieu de répondre à la raillerie par la raillerie, à la haine par la haine – « vous avez allégué contre moi des choses telles, que si je les avais alléguées contre vous, Dieu de bonté, je ne connais pas de terre ou de mer qui m'eussent protégé contre votre colère » –, il préfère essayer encore de mettre fin à la querelle par une discussion à l'amiable, ainsi qu'il convient à des savants. Une fois de plus, il tend la main à ses adversaires, quoiqu'il sache qu'ils en veulent à sa vie. « Par les souffrances du Christ, je vous en prie, je vous en conjure, faites-moi la grâce de respecter ma liberté, cessez de m'accabler de fausses accusations. Permettez-moi de confesser ma foi sans contrainte, ainsi qu'on vous le permet et que je vous le permets moi-même. Quant à ceux dont la doctrine diffère de la vôtre, ne croyez pas tout de suite qu'ils sont dans l'erreur et ne les accusez pas de blasphème... Malgré qu'avec de nombreux croyants j'interprète autrement que vous les Écritures, c'est de toutes mes forces que je professe avec vous la religion du Christ. Sûrement l'un de nous se trompe. Eh bien, aimons-nous cependant les uns les autres. Le Maître révélera la vérité à ceux qui errent. Nous savons, vous et moi, ou du moins nous croyons savoir, quelles sont les obligations de l'amour chrétien. Pratiquons-les et, par notre application, fermons la bouche à nos adversaires. Vous estimez vraie votre opinion ? Les autres estiment vraie la leur : que les plus savants se montrent les plus fraternels et que leur science ne les enfle pas. Car Dieu sait, et ce sont les superbes qu'il abaisse et les humbles qu'il relève.

« C'est poussé par un grand désir d'amour que je vous dis ces choses. Je vous offre l'amour et la paix chrétienne. Je vous appelle à l'amour et, cela, je l'atteste devant Dieu, devant l'Esprit vivant, je le fais de toute mon âme.

« Si malgré tout vous persistiez à me combattre par la haine, si vous ne tolérez pas qu'on vous entraîne à l'amour chrétien, je n'ai plus qu'à me taire. Que Dieu soit notre juge et qu'il prononce entre nous deux, selon notre fidélité. »

*

Il est vraiment inouï qu'un langage aussi poignant, aussi profondément humain n'ait pas été entendu.

Mais l'une des absurdités de la nature de l'homme est que les idéologues voués à une seule doctrine sont complètement insensibles à tout ce qui n'est pas elle. Et comme l'étroitesse de la pensée engendre l'injustice dans l'action, il en résulte un fanatisme qui ne laisse point place à la tolérance et à l'esprit de conciliation. Cet appel émouvant d'un homme qui ne désire que la paix et n'a pas la moindre ambition d'imposer ses idées à qui que ce soit ne fait aucune impression sur Calvin. Il le repousse comme une « monstruosité ». Et aussitôt commence une nouvelle offensive à l'aide de tous les gaz asphyxiants de l'ironie et de la haine. On invente un autre mensonge, le plus perfide de tous, pour jeter la suspicion, ou tout au moins le ridicule, sur Castellion. Alors que tous les divertissements théâtraux sont considérés comme un péché et strictement interdits au peuple genevois, on fait jouer au séminaire de Genève par les disciples de Calvin une « pieuse » comédie où Castellion est représenté, sous le nom transparent de « parvo Castello », dans le rôle de premier serviteur de Satan, à qui l'on met dans la bouche les vers suivants :

Quant à moy, un chacun je sers
Pour argent en prose oy en vers
Aussi ne vis-je d'aultre chose…

Ainsi on ose lancer contre cet homme, qui a toujours vécu dans une pauvreté apostolique, l'odieuse calomnie qu'il vend sa plume et ne défend la doctrine de la tolérance qu'en qualité d'agitateur payé des papistes. Mais, que ce soit vrai ou faux, peu importe à la haine des calvinistes, une seule pensée les anime : obtenir le renvoi de Castellion de l'Université, faire brûler ses ouvrages et lui-même si possible.

Aussi, c'est avec la plus grande joie qu'ils accueillent la découverte à Genève, lors d'une perquisition, d'un livre que deux bourgeois ont été surpris en train de lire et qui – chose criminelle – ne porte pas l'*imprimatur* de Calvin. Sur la couverture de cet opuscule intitulé *Conseil à la France désolée*, ni le nom de l'auteur ni le lieu de l'impression ne sont indiqués. Cela sent déjà l'hérésie. Les deux bourgeois sont traînés devant le Consistoire. Par peur de la torture, ils déclarent que l'ouvrage leur a été prêté par un neveu de Castellion. C'est assez pour que les chasseurs se précipitent avec une ardeur fanatique sur la trace toute fraîche qui les mènera enfin à la proie tant désirée.

En fait, ce « mauvais livre, plein d'erreurs », est un nouvel ouvrage de Castellion. Une fois de plus, il est retombé dans sa vieille « illusion » de vouloir rechercher, à la façon d'Érasme, une solution pacifique de la querelle des Églises. Il ne peut se taire quand il voit les fruits empoisonnés que les haines religieuses commencent à produire dans sa France bien-aimée, où les protestants (encouragés en secret par Genève) ont pris les armes contre les catholiques. Et comme s'il prévoyait la nuit de la Saint-Barthélemy et les horreurs épouvantables des guerres de

Religion, il se sent tenu à montrer, avant qu'il soit trop tard, l'absurdité d'une telle effusion de sang. Ce n'est ni une doctrine ni l'autre qui est fausse en soi, ce qui est faux et criminel, c'est la volonté d'imposer à quelqu'un une conviction qui n'est pas la sienne. Tout le mal vient de ce « forcement des consciences », des tentatives toujours renouvelées et toujours sanglantes du fanatisme en vue de contraindre les individus à penser de telle ou telle façon. Non seulement, déclare Castellion, il est immoral et injuste d'imposer à quelqu'un une religion à laquelle il ne croit pas, mais c'est aussi absurde. Car tout recrutement par la force à une doctrine déterminée n'entraîne que des adhésions superficielles. Ce n'est qu'extérieurement qu'on a accru ainsi le nombre de ses partisans. En réalité, une religion qui emploie de tels moyens pour recruter des prosélytes se dupe encore plus elle-même qu'elle ne dupe le monde. Car – et ces paroles de Castellion valent pour tous les temps – « ceux qui regardent ainsi au nombre, et pour cela contraignent les gens, ressemblent à un fol qui, moyennant un grand tonneau et un peu de vin dedans, le remplit tout d'eau pour en avoir davantage, en quoi faisant tant s'en faut qu'il accroisse son vin, que même il gâte ce qu'il avait de bon. Par quoi il ne se faut pas ébahir si aujourd'hui le vin de chrétien est tant soit petit et faible, puisqu'on y mêle tant d'eau. Vous ne pouvez pas dire que ceux que vous contraignez croient vraiment de tout leur cœur ; s'ils avaient la liberté, ils diraient : "Je crois de tout mon cœur que vous êtes des droits tyrans et que ce à quoi vous me contraignez ne vaut rien, comme le vin est mauvais quand on force les gens à le boire" ».

Avec une énergie nouvelle, Castellion affirme sa conviction que l'intolérance mène inévitablement à la guerre et que seule la tolérance conduit à la paix. Ce n'est pas à l'aide de la torture et des armes qu'une foi peut s'imposer, mais seulement par la force intérieure des convictions ; ce n'est qu'au moyen de l'entente qu'on peut éviter les guerres. Qu'on laisse donc être protestants ceux qui veulent être protestants, et catholiques ceux qui croient sincèrement au catholicisme : qu'on ne les contraigne ni les uns ni les autres. Ainsi plusieurs décennies avant qu'à Nantes les deux religions concluent la paix sur la tombe de dizaines et de centaines de milliers d'hommes sacrifiés inutilement, un humaniste solitaire élabore déjà l'édit de tolérance dont bénéficiera la France : « Le conseil qui t'est donné, ô France, écrit Castellion, c'est que tu cesses de forcer consciences ; ni tuer, ni persécuter, mais permettre qu'en ton pays il soit loisible à ceux qui croient en Christ et reçoivent le Vieux et le Nouveau Testament de servir selon la foi non d'autrui, mais la leur. »

*

Une telle proposition d'entente entre catholiques et protestants en France est considérée à Genève – cela va sans dire – comme le crime des crimes. Car la diplomatie secrète de Calvin est précisément occupée, à cette même heure, à attiser en France la guerre de religion. C'est pourquoi rien ne peut être plus désagréable à sa politique agressive que ce pacifisme humanitaire. Aussitôt on met tout en branle pour empêcher la diffusion du livre de Castellion. On envoie des messagers dans toutes les directions, on adresse à toutes les autorités protestantes des lettres d'adjuration, et ces menées sont couronnées de succès. Le synode général de Lyon adopte en août 1563 la décision suivante : « Nous attirons l'attention de l'Église sur un livre publié depuis peu et qui a pour titre : *Conseil à la France désolée*, dont Castellion passe pour être l'auteur. C'est une pièce très dangereuse, c'est pourquoi on doit s'en donner de garde. »

Une fois de plus on a réussi à arrêter la propagation d'un « livre dangereux » de Castellion. Maintenant, c'est à l'auteur même qu'il faut s'en prendre, à cet adversaire inébranlable des dogmatiques et des sectaires. Qu'on en finisse avec lui ! Il ne suffit pas de lui imposer silence, il faut le briser. De nouveau on fait appel à Théodore de Bèze. Sa *Responsio ad defensiones et reprehensiones Sebastiani Castellionis* montre déjà par le fait même qu'elle est dédiée aux pasteurs de la ville de Bâle sur qui il s'agit de faire pression. Il est temps, grand temps, insinue de Bèze, que la justice ecclésiastique s'occupe de cet hérétique dangereux. Le pieux théologien y accuse Castellion d'être un menteur, un blasphémateur, un anabaptiste, un contempteur de la religion, un sycophante puant, un protecteur non seulement de tous les hérétiques, mais aussi de tous les adultères et de tous les criminels, un homme qui a établi sa défense dans l'atelier de Satan. À vrai dire, dans la hâte de la fureur, toutes ces injures sont lancées pêle-mêle, d'où de nombreuses contradictions. Mais ce qui se dégage nettement de ce flot venimeux, c'est la volonté meurtrière de réduire Castellion au silence et, ce qui serait mieux, de le supprimer.

*

L'ouvrage de De Bèze constitue une accusation très nette d'hérésie : la dénonciation y apparaît dans sa provocante nudité. Le synode de Bâle est invité d'une façon tout à fait claire à agir rapidement auprès des autorités civiles afin qu'elles se saisissent de Castellion comme d'un vulgaire criminel. Malheureusement, il y a un obstacle : pour pouvoir entamer une procédure, les lois de Bâle exigent absolument une dénonciation écrite adressée aux autorités. On pourrait croire que si Calvin et de Bèze veulent effectivement accuser Castellion, ils vont rédiger une plainte en bonne et due forme, signée de leurs deux noms, et l'adresser aux autorités. Mais Calvin reste fidèle à sa vieille tactique, qui a déjà fait ses preuves dans le cas Servet et qui consiste à susciter une dénonciation d'un tiers plutôt que de la présenter lui-même sous sa propre responsabilité. Et ce qui s'était déjà passé à Vienne et à Genève se répète encore une fois : en novembre 1563, peu de temps après la publication du livre de Théodore de Bèze, un certain Adam von Bodenstein dépose devant le

Conseil de Bâle une accusation formelle d'hérésie contre Castellion. En fait, cet Adam von Bodenstein devrait être le dernier à se poser en défenseur de la vraie foi, car il n'est autre que le propre fils du fameux Carlstadt, que Luther a chassé autrefois de l'Université de Wittenberg comme perturbateur dangereux. En outre le fait qu'il est un disciple de Paracelse, dont l'impiété est notoire, ne le qualifie nullement pour jouer le rôle de pilier de l'Église protestante. Dans sa lettre au Conseil, il répète textuellement tous les arguments confus contenus dans le livre de Théodore de Bèze, accusant tantôt Castellion d'être un papiste, tantôt d'être un anabaptiste, une autre fois un libre penseur, un contempteur de Dieu, « un protecteur de tous les adultères et de tous les criminels ». Mais que tout cela soit vrai ou faux, ce qui est sûr, c'est que sa lettre d'accusation adressée au Conseil a ouvert la voie à des poursuites. En possession de ce document, le tribunal de Bâle est obligé de faire une enquête. Calvin et ses amis ont atteint leur but : Castellion est accusé d'hérésie.

*

Il serait facile à Castellion de se défendre contre ce fatras insensé d'accusations. Car dans son zèle aveugle, Bodenstein l'accuse à la fois de tant de choses contradictoires que leur manque de fondement saute aux yeux. D'autre part, on connaît très bien à Bâle la vie irréprochable de Castellion. Un homme comme lui, on ne le met pas tout de suite en prison, comme on l'a fait à Genève avec Servet, on ne le charge pas de chaînes et on ne le torture pas immédiatement. En sa qualité de professeur à l'Université, on le prie d'abord de se justifier devant le Sénat des accusations portées contre lui. Et il suffit à ses collègues qu'il déclare, conformément à la vérité, que Bodenstein n'est qu'un homme de paille, que si Calvin et Théodore de Bèze, les véritables instigateurs de cette affaire, ont des accusations à formuler, ils doivent venir les soutenir eux-mêmes : « Puisqu'on m'accuse avec tant de passion, dit-il, je vous demande de toute mon âme la permission de me défendre. Si Calvin et de Bèze sont de bonne foi, qu'ils se présentent eux-mêmes et démontrent devant vous les crimes dont ils m'accusent. S'ils ont conscience d'avoir bien agi, ils n'ont pas à craindre le tribunal de Bâle, du moment qu'ils n'hésitent pas à m'accuser devant le monde entier... Je sais que mes accusateurs sont grands et puissants, mais Dieu lui aussi est puissant, qui juge sans faire aucune différence entre les personnes. Je sais que je ne suis qu'un homme faible et de petite renommée, mais c'est précisément sur les petits que Dieu jette son regard, et il ne permet pas que leur sang reste inexpié, quand il a été versé injustement. » En ce qui le concerne, il ne refuse pas de comparaître devant un tribunal. Qu'on fasse la preuve d'une seule des accusations portées contre lui, et il offrira lui-même sa tête au bourreau.

On le devine, Calvin et de Bèze se gardent bien d'accepter une proposition aussi loyale et de se présenter devant le Sénat de Bâle. Déjà il semble que la dénonciation perfide va tomber, lorsque le hasard apporte aux adversaires de Castellion une aide inattendue. Juste à ce moment-là éclate dans la ville un scandale étrange qui renforce singulièrement l'accusation d'hérésie lancée contre lui. Un riche gentilhomme étranger connu sous le nom de Jean de Bruge avait vécu pendant douze ans dans son château de Binningen, estimé de tous pour son esprit bienveillant et charitable. Lorsqu'il meurt en 1556, la ville entière assiste à ses obsèques et il est enterré en bonne place dans l'église de Saint-Léonhardt. Quelques années s'écoulent. Voici que le bruit se répand que cet étranger distingué n'était pas du tout le gentilhomme ou le marchand pour lequel il se faisait passer, mais le fameux hérétique David de Joris, l'auteur du *Wonderbock* qui, au moment du massacre des anabaptistes, avait disparu des Flandres d'une façon mystérieuse. On s'imagine l'émoi causé par une pareille découverte. Ainsi, c'est à cet ennemi de l'Église que la ville avait, de son vivant et à l'occasion de sa mort, rendu les plus grands honneurs ! Pour venger l'abus qui a été fait de leur hospitalité, les autorités décident d'exercer sur le corps de l'hérétique des mesures de représailles. Une cérémonie sinistre a lieu : le cadavre à moitié décomposé est tiré de sa tombe, pendu à une potence et brûlé, ainsi qu'un grand nombre d'ouvrages hérétiques, sur la place du Marché, devant des milliers de spectateurs. Castellion doit, avec les autres professeurs de l'Université, assister à ce spectacle écœurant, on s'imagine dans quel état d'esprit, lorsqu'on sait qu'une étroite amitié le liait à ce David de Joris. Ensemble ils avaient essayé de sauver Servet, et il est même très probable que de Joris était l'un des auteurs anonymes du *Traité des hérétiques*. En tout cas, il ne fait aucun doute que Castellion n'ignorait pas la véritable identité du prétendu Jean de Bruge, mais tolérant dans la vie comme dans ses écrits, il n'a jamais pensé à jouer le rôle de dénonciateur et à retirer son amitié à un homme uniquement parce qu'il était traqué par toutes les autorités civiles et religieuses du monde entier.

Ses relations avec le plus fameux de tous les anabaptistes brusquement connues à la suite de cet événement apportent une confirmation dangereuse à l'accusation des calvinistes, selon laquelle Castellion est le protecteur de tous les hérétiques et de tous les criminels. Et, de même que le malheur ne vient jamais seul, on découvre en même temps une autre liaison de Castellion avec un autre « coupable », Bernardo Ochino. Ancien général de l'ordre des Capucins, célèbre dans toute l'Italie par ses prêches incomparables, Ochino avait dû fuir sa patrie pour échapper aux poursuites de l'Inquisition. Mais en Suisse également, les pasteurs réformés sont effrayés par l'audace de ses idées ; son dernier livre, *Les Trente Dialogues*, contient une interprétation de la Bible que tout le monde protestant considère comme un blasphème inouï ; Bernardo Ochino y déclare notamment, en s'appuyant sur la loi de Moïse, que la polygamie, que d'ailleurs il ne recommande pas, est en principe admise par la Bible et ne constitue par conséquent pas un délit.

Or, ce livre, avec sa thèse scandaleuse et un grand nombre d'autres conceptions intolérables à l'orthodoxie qui ont aussitôt amené l'ouverture d'une instruction contre l'auteur, c'est Castellion qui l'a traduit de l'italien en latin ; c'est dans sa traduction qu'il a été imprimé, et par là il s'est rendu coupable de propagation de thèses blasphématoires. En l'espace d'une nuit, les vagues accusations de Calvin et de Théodore de Bèze ont reçu, du fait de son amitié avec David de Joris et Bernardo Ochino, une confirmation inquiétante. L'Université ne peut pas et ne veut plus protéger un tel homme. Avant même que le procès ait commencé, Castellion est perdu.

*

Ce que le défenseur de la tolérance doit attendre de l'intolérance de ses contemporains, il peut le mesurer à la dureté avec laquelle les autorités ecclésiastiques agissent envers son ami Ochino. Celui-ci, qui après de nombreux ennuis avait enfin trouvé un asile à Zurich où il était pasteur de la petite communauté des réfugiés italiens, est condamné à quitter la ville dans les trois jours (ce n'est que sur ses supplications instantes qu'on consent à prolonger quelque peu ce délai). Le fait qu'on est en plein hiver, qu'il est âgé de soixante-dix ans, que quelques jours auparavant sa jeune femme est morte à la suite d'un terrible accident, qu'il est absolument sans ressources, avec quatre enfants mineurs, tout cela ne lui vaut aucune pitié et aucun adoucissement à l'impitoyable sentence. Il pense tout d'abord se rendre de l'autre côté des Grisons, dans la Volteline, où il a des amis, mais déjà on a fait le nécessaire pour qu'il ne puisse trouver un refuge nulle part. Des lettres ont été envoyées partout pour qu'on lui refuse l'hospitalité où il passera, pour que les portes se ferment devant lui comme devant un lépreux. Il espère trouver un asile à Bâle, mais là aussi l'excommunication l'atteint, et c'est ainsi que se poursuit l'effroyable odyssée de ce malheureux vieillard avec ses quatre enfants, le long des routes d'Europe. Partout on le repousse, à Mulhouse, à Francfort, à Nuremberg. Les pays catholiques, comme les pays protestants, refusent avec férocité de recevoir le vieux savant traqué. Jamais on ne saura tout ce que cet homme ainsi mis au ban de l'humanité a souffert avant de mourir. Un dernier espoir le soutient encore. Il pense trouver enfin en Pologne, chez des êtres plus humains, le refuge dont ses enfants et lui ont tant besoin. Mais l'effort était trop grand pour le malheureux. Bernardo Ochino ne parvint jamais au but. Victime de l'intolérance de son époque, il s'abat sur une route quelconque de Moravie, où on le ramasse pour l'enfouir comme un vagabond dans une tombe, hélas ! oubliée depuis longtemps.

Dans cet exemple cruel, Castellion peut lire d'avance son propre destin. Déjà on prépare son procès, et à une époque où se passent de tels actes d'inhumanité, l'homme dont le crime a été d'avoir eu des sentiments trop humains, trop de pitié pour les persécutés, ne doit s'attendre pour lui à aucune pitié, à aucune humanité ; déjà on prévoit pour le défenseur de Servet le sort de Servet, déjà l'intolérance du temps a pris à la gorge son adversaire le plus dangereux, l'apôtre de la tolérance.

Mais un coup bienveillant du sort vient juste à point priver ses persécuteurs de la joie de voir l'ennemi acharné de toute dictature spirituelle condamné à la prison, à l'exil ou au bûcher. Une mort soudaine préserve Sébastien Castellion, à la dernière heure, du procès qui le menaçait et de l'attaque meurtrière de ses ennemis. Depuis longtemps le surmenage a réduit ses forces ; lorsque les soucis et les émotions viennent s'ajouter aux fatigues physiques, l'organisme miné ne peut plus résister. Certes, jusqu'au dernier moment, Castellion se traîne encore à l'Université et à sa table de travail, mais déjà la mort triomphe de sa volonté de vivre et d'écrire. On le porte tout fiévreux au lit, de violentes crampes d'estomac l'empêchent de prendre toute autre nourriture que du lait, ses organes fonctionnent de plus en plus mal, enfin le cœur épuisé cesse de battre. Le 29 décembre 1563, Castellion meurt, à l'âge de quarante-huit ans, « arraché par la bonté de Dieu aux griffes de ses adversaires », selon l'expression d'un de ses amis.

Cette mort fait s'écrouler la calomnie : ses concitoyens reconnaissent, trop tard, à quel point ils l'ont mal défendu, lui, le meilleur de toute la ville. L'héritage qu'il laisse montre d'une façon irréfutable dans quelle pauvreté apostolique ce grand et pur savant a vécu ; il n'y a pas dans toute la maison une seule pièce d'argent, ses amis doivent se cotiser pour payer le cercueil, les frais d'enterrement, les petites dettes qu'il a contractées aux heures de détresse et se charger des enfants mineurs. Comme pour le dédommager de la honte de l'accusation lancée contre lui, ses obsèques prennent le caractère d'un défilé triomphal : tous ceux qui prudemment et peureusement avaient gardé le silence quand Castellion était accusé d'hérésie accourent maintenant en foule pour montrer à quel point ils l'estimaient, car il est toujours plus facile de défendre un mort qu'un vivant, surtout quand celui-ci est violemment attaqué. Tous ses collègues de l'Université suivent en corps le cortège funèbre ; le cercueil est porté à la cathédrale sur les épaules des étudiants et enterré au cloître. Trois de ses élèves font graver dans le marbre cette épitaphe : « Au très célèbre professeur, si cher aux érudits et aux croyants, pour sa grande science et la pureté de sa vie. »

Mais tandis que Bâle est en deuil, la joie règne à Genève. C'est tout juste si on ne fait pas sonner les cloches à la nouvelle que le défenseur de la liberté de pensée est heureusement mort, que la bouche la plus éloquente qui ait jamais parlé contre toute violation de la conscience s'est enfin tue. Avec une satisfaction tranquille ou bruyante, les théologiens commentent la mort de l'homme qui a servi calmement et honnêtement sa cause : « Castellion est mort ? Tant mieux ! » écrit Bullinger de Zurich. Un autre a ce mot atroce : « Castellion, pour ne pas aller plaider sa cause devant le Sénat de Bâle, en a appelé à Rhadamante. » Théodore de Bèze, qui avait troublé ses derniers jours en l'accusant d'avoir agi *impulso instinctuque diaboli*, se frotte les mains : « J'avais été bon prophète quand j'avais dit à Castellion : Le Seigneur te punira de tes blasphèmes. » Ainsi la mort elle-même n'a pas arrêté la fureur de ses ennemis. Mais la haine est vaine comme toujours : aucune raillerie ne peut plus le blesser désormais, et l'idée pour laquelle Castellion est mort et a vécu plane, comme toutes les idées vraiment humaines, au-dessus des forces temporelles et terrestres.

Les extrêmes se touchent

Le temps est trouble, le temps se esclarsira
Après la plue l'on atent le beau temps
Après noises et grans divers contens
Paix adviendra et maleur cessera.
Mais entre deulx que mal l'on souffrera !

Chanson de MARGUERITE D'AUTRICHE

La lutte semble terminée. Castellion mort, Calvin se trouve débarrassé de son seul adversaire intellectuel de valeur, et comme il a en même temps réduit au silence ses contradicteurs politiques de Genève, il a donc toute liberté pour donner à son œuvre un essor de plus en plus grand. Une fois que les dictatures ont surmonté les crises inévitables de leurs débuts, on peut en général les regarder comme affermies pour un certain temps ; de même qu'après avoir éprouvé tout d'abord certains malaises, l'organisme humain finit par s'adapter aux changements de climat et de conditions vitales, de même les peuples s'habituent avec une rapidité étonnante aux nouvelles formes de gouvernement. La vieille génération, qui compare avec amertume un présent tout de violence avec un passé regretté, commence à disparaître au bout de quelque temps, cependant qu'a grandi dans l'esprit nouveau une jeunesse qui accepte tout naturellement les nouveaux idéaux comme les seuls possibles. Un peuple peut toujours être complètement transformé par une idée au cours d'une génération ; c'est ainsi qu'en vingt ans la mission de Calvin, sa pensée religieuse s'est concrétée en une forme d'existence palpable. Rendons justice à ce génial organisateur : après la victoire, il a élargi son système avec un art méthodique merveilleux et en a fait peu à peu quelque chose de mondial. Des lois sévères font de Genève une ville modèle ; les Réformés viennent de tous les pays dans la « Rome protestante » pour y admirer l'application exemplaire du régime théocratique. Tout ce dont sont capables une discipline de fer et une éducation spartiate a été intégralement réalisé. Sans doute la diversité créatrice y est-elle sacrifiée à la plus insipide monotonie et la joie à une froide correction, en revanche, l'enseignement même se trouve élevé à la hauteur d'un art. Toutes les écoles, toutes les institutions publiques sont dirigées d'une façon irréprochable, la plus large place est accordée à la science, et en fondant « l'Académie », Calvin ne crée pas seulement le premier foyer intellectuel du protestantisme, mais aussi « le pôle négatif » de l'ordre des Jésuites institué par son ancien condisciple Loyola : lutte de deux disciplines rigoureuses, de deux volontés inflexibles. Munis d'un remarquable bagage théologique, les prédicateurs et les propagandistes de la doctrine calviniste sont envoyés à travers le monde suivant un plan de bataille conçu avec précision. Car il y a longtemps que Calvin ne songe plus à limiter le champ d'action de ses idées et de son autorité à Genève ; son désir effréné de domination veut étendre dans l'Europe entière, au-delà des mers, son système totalitaire. Déjà l'Écosse lui est assujettie par l'entremise de son légat John Knox ; déjà la Hollande et les pays nordiques en partie sont pénétrés de l'esprit puritain ; déjà, en France, les huguenots se préparent à frapper un coup décisif. Encore un pas heureux en avant et « l'Institutio » allait devenir l'Institution universelle, le calvinisme la forme unique de pensée et d'existence de l'Occident.

On peut se rendre compte du bouleversement qu'un triomphe pareil eût apporté dans le caractère de la civilisation européenne en observant la structure particulière que le calvinisme a donnée en peu de temps aux pays auxquels il s'est imposé. Partout où l'Église genevoise a pu établir sa dictature éthico-religieuse – ne fût-ce que pour un court moment –, un type spécial a pris naissance, s'est détaché de la couleur nationale : celui du citoyen qui vit sans se faire remarquer, qui remplit sans défaillance ses devoirs moraux et religieux ; partout la liberté des sens s'est changée de façon visible en un « self-control » systématique, et la gaîté en une froideur compassée. Aujourd'hui encore, dans tel ou tel pays – tant il est possible à une forte personnalité de se perpétuer jusque dans le concret – on reconnaît du premier coup d'œil la présence ou les traces de la discipline calviniste à une certaine pondération des manières, à la neutralité du costume, à la réserve du maintien, et même à la simplicité et à la sévérité de l'architecture. Étouffant en toute circonstance l'individualisme et les aspirations passionnées de l'individu, renforçant partout le pouvoir des autorités, le calvinisme a façonné dans les nations où il règne le type du serviteur correct, de l'excellent fonctionnaire, de l'homme modeste qui n'aspire pas à d'autre place qu'à celle qu'il occupe au sein de la collectivité, de « l'homme moyen idéal », en somme. C'est avec raison que Weber signale dans sa célèbre étude sur le capitalisme qu'aucun élément n'a été plus favorable à l'industrialisme que la doctrine calviniste de l'obéissance absolue, parce que préparant religieusement les masses dès l'école au nivellement et à la mécanisation. Mais l'organisation énergique d'un État accroît toujours le dynamisme extérieur de ses citoyens. Cette magnifique race de navigateurs et de pionniers, ces gens rudes, tenaces et sobres qui conquirent et colonisèrent des continents pour le compte de la Hollande d'abord, et pour celui de l'Angleterre ensuite, étaient dans leur majorité d'origine puritaine ; cette filiation spirituelle a exercé à son tour une action prépondérante sur le caractère des Américains. Toutes ces nations doivent la plupart de leurs succès politiques à l'influence éducative de l'austère ministre de Genève.

Cependant, quelle vision de cauchemar quand on pense que Calvin, de Bèze et John Knox, ces « tue-joie », eussent pu imposer à l'univers leurs prétentions brutales de la première heure ! Quelle uniformité, quelle monotonie, quelle sécheresse se seraient abattues sur l'Europe ! Avec quelle violence eussent sévi ces fanatiques ennemis de l'art et de la vie contre tout ce qui fait le charme de l'existence, contre ces petits riens où se manifeste l'instinct créateur dans sa divine diversité. Ils auraient effacé en faveur d'une froide égalité tous les contrastes sociaux et nationaux qui, précisément à cause de leur bariolage, mettent l'Occident au premier rang dans l'histoire de la civilisation ; ils eussent tué la sublime ivresse de la création par leur effrayant amour de l'ordre et de l'exactitude ! De même qu'à Genève ils supprimèrent tout élan artistique pour plusieurs siècles ; qu'en Angleterre leur premier acte en prenant le pouvoir fut de piétiner sans pitié une des plus belles fleurs de l'intelligence humaine, le théâtre shakespearien ; qu'ils remplacèrent la joie terrestre par la crainte de Dieu ; de même, dans l'Europe entière, ils eussent brisé sous leurs anathèmes bibliques tout effort fervent pour se rapprocher du divin entrepris en dehors de leurs canons. Se représente-t-on sans frémir le XVIIe, le XVIIIe, le XIXe siècle sans opéra, sans théâtre, sans danse, sans leur luxuriante architecture, leurs fêtes, leur érotisme délicat, leur raffinement ? Rien que des temples nus et de sévères prêches comme moyen d'édification ! Rien que la discipline, l'humilité et la peur de Dieu ! Les prédicateurs auraient empêché le libre développement de l'art, ce rayon de lumière divine dans la nuit de notre terne existence, en le dénonçant comme une jouissance, une volupté « coupable », une « paillardise ». Jamais la prodigalité ni la hardiesse du génie créateur n'eussent pu s'exprimer dans l'extraordinaire magnificence de Versailles ou du style Directoire ; jamais la tendre palette picturale et sonore du Louis XV n'eût pu se manifester dans la mode ni dans la danse. L'esprit européen se serait consumé dans des chicanes théologiques au lieu de s'épanouir en des jeux féconds. Car le monde est improductif et stérile quand il n'est pas imprégné de joie ni stimulé par la pratique de la liberté : toujours la vie se trouve paralysée dans un système rigide.

Heureusement, l'Europe s'est aussi peu soumise à la rigoureuse discipline calviniste que la Grèce à celle de Sparte. Une fois de plus l'amour de la vie, qui exige un renouvellement perpétuel, a tenu la discipline en échec, comme il triomphe de tout ce qui cherche à enfermer le monde dans un système unique. Le rigorisme de Genève ne l'a finalement emporté que dans une petite partie de l'Europe ; mais même là où il est arrivé au pouvoir, il s'est bientôt départi de son étroit despotisme biblique. À la longue, la théocratie protestante n'a pu maintenir son omnipotence dans aucun État, et après la mort de Calvin l'hostilité implacable de la « discipline » à l'égard de l'art et de toutes les joies de l'existence s'atténue et s'humanise devant la résistance de la réalité. Car, avec le temps, la vie s'avère toujours plus forte qu'une doctrine abstraite. Par ses chauds effluves, elle adoucit toute dureté, amollit toute raideur, fait se relâcher toute sévérité. De même qu'un muscle ne peut demeurer constamment contracté, une passion être perpétuellement en effervescence ; de même les dictatures spirituelles ne peuvent jamais conserver longtemps leur radicalisme absolu, et ce n'est la plupart du temps qu'une seule génération qui a à supporter leur douloureuse oppression.

La doctrine calviniste a perdu plus vite qu'on ne le pensait son intolérance excessive. Il est rare qu'au bout de cent ans un dogme soit encore l'image fidèle de celui qui l'a enseigné, et ce serait une faute grossière que de mettre en balance ce que Calvin a exigé et ce que le calvinisme est devenu au cours de son évolution historique. Sans doute discutera-t-on encore à Genève, à l'époque de Jean-Jacques Rousseau, pour savoir si le théâtre doit être permis ou défendu, sans doute s'y demandera-t-on encore sérieusement si les « beaux-arts » représentent pour l'humanité un progrès ou un mal. Mais la dangereuse exaltation de la « discipline » est déjà tombée depuis longtemps, et la rigide croyance biblique s'est adaptée à l'organisme humain. L'évolution vitale sait toujours utiliser à ses fins mystérieuses ce qui nous effrayait tout d'abord comme une brutale rétrogradation : le progrès immortel emprunte à chaque système ce qui lui est nécessaire et se débarrasse de ce qui le gêne comme on rejette la pulpe d'un fruit dont on a exprimé le jus. Dans l'immense plan de l'humanité, les dictatures n'ont que la valeur de correctifs momentanés, et toute réaction qui tente de contrarier le rythme de la vie lui imprime en réalité, après un recul passager, une impulsion plus énergique : éternel symbole de Balaam, qui veut maudire et qui bénit contre sa volonté. C'est ainsi que par la plus étrange des métamorphoses, le système calviniste, qui cherchait avec un acharnement spécial à restreindre la liberté individuelle, a enfanté l'idée de la liberté politique ; ce sont les Pays-Bas, l'Angleterre de Cromwell, les États-Unis, ses premiers champs d'action, qui acceptent avec le plus d'empressement les idées libérales et démocratiques. L'esprit puritain a produit un des plus importants documents des temps modernes, le manifeste de l'Indépendance des États-Unis, qui à son tour a exercé une influence primordiale sur la Déclaration des droits de l'homme. Par un merveilleux retour des choses (les extrêmes se touchent), ce sont précisément les pays qui devaient être les plus profondément imbus des principes d'intolérance qui sont devenus les premiers asiles de la tolérance en Europe. C'est justement là où la religion de Calvin avait force de loi que l'idée de Castellion s'est réalisée. C'est dans cette même ville de Genève, où Calvin fit jadis brûler Servet à cause d'un désaccord *in theologicis* que se réfugie « l'ennemi de Dieu », le vivant antéchrist de son temps, Voltaire ; et les successeurs en titre du réformateur, les pasteurs de son Église, viennent rendre aimablement visite à l'impie et philosopher avec lui le plus tranquillement du monde. D'autre part, c'est en Hollande que Descartes et Spinoza, qui ne trouvent nulle autre retraite au monde, écrivent leurs œuvres qui libèrent la pensée humaine des liens de la religion et du traditionalisme. Ceux qu'on menace à cause de leurs opinions et de leurs croyances viennent justement s'abriter à l'ombre de la plus rigoureuse des doctrines religieuses, ce que l'incrédule Renan a appelé un « miracle ». Les plus violentes oppositions sont toujours celles qui sont le moins éloignées ; c'est ainsi qu'en Hollande, en Angleterre, en Amérique, la tolérance et la religion, les revendications de Castellion et les exigences de Calvin ont fini par se pénétrer presque fraternellement au bout de deux siècles.

*

Les idées de Castellion ont survécu à son époque. Il semble un moment que sa mission ait pris fin avec lui ; pendant une cinquantaine d'années, un silence aussi profond que celui de sa tombe entoure son nom. On ne s'occupe plus de Castellion, ses amis meurent ou disparaissent, les quelques écrits qu'il a publiés deviennent de plus en plus rares ; d'autre part, personne n'ose faire imprimer ceux qui ne sont pas édités. Sa lutte paraît avoir été vaine, sa vie inutile. Mais l'histoire suit des voies mystérieuses : c'est précisément la victoire de son adversaire qui ressuscite Castellion. Le calvinisme a pénétré en Hollande avec violence, beaucoup trop de violence, peut-être. Les prédicateurs formés à la fanatique école de l'Académie croient pouvoir dépasser encore Calvin en rigueur dans ce pays nouvellement converti. Mais bientôt le peuple hollandais, qui vient de tenir tête au maître des deux mondes, se révolte ; il ne veut pas avoir conquis sa récente liberté politique au prix d'une intolérance dogmatique. Quelques ministres protestants – appelés plus tard les Remontrants – s'élèvent contre l'intransigeance du calvinisme, et lorsque au cours de leur lutte contre l'inflexible orthodoxie ils cherchent des armes spirituelles, ils se souviennent tout à coup du précurseur oublié et déjà presque légendaire. Coornhert et les autres protestants libéraux citent alors les écrits de Castellion, dont les réimpressions et les traductions hollandaises se succèdent dès 1603, excitant la curiosité générale et provoquant une admiration sans cesse croissante. Il s'avère brusquement que l'idée de Castellion n'est nullement enterrée, mais qu'elle a en quelque sorte « hiverné pendant la mauvaise saison » ; à présent, l'heure de son action approche. Bientôt les livres déjà publiés ne suffisent plus ; on envoie à Bâle des gens chargés de découvrir les ouvrages inédits, qui sont emportés en Hollande où on les imprime et réimprime dans le texte original et dans les traductions ; un demi-siècle après sa mort, en 1612 – ce que jamais Castellion n'aurait osé espérer de son vivant –, paraît chez Gouda une édition complète de ses œuvres. Le voilà victorieusement ressuscité, revenu au cœur de la bataille et entouré pour la première fois d'une foule de fidèles ; son action est considérable, quoique impersonnelle et anonyme. Les idées de Castellion se perpétuent dans des livres étrangers, dans des luttes nouvelles. Lors de leur célèbre discussion au sujet des réformes libérales à introduire dans le protestantisme, les arminiens empruntent la plupart de leurs arguments à ses écrits ; pour défendre, au péril de sa vie, un anabaptiste, le ministre grison Gantner – une belle figure digne de la plume d'un poète suisse – se présente devant le tribunal ecclésiastique de Coire, le livre de « Martin Bellius » à la main. Bien qu'il soit impossible d'établir avec certitude que Descartes et Spinoza aient lu Castellion, étant donné l'extraordinaire expansion de ses œuvres en Hollande, on peut supposer sans crainte de se tromper qu'il en est ainsi. Mais ce ne sont pas seulement les intellectuels, les humanistes qui se laissent gagner à l'idée de tolérance ; peu à peu, elle pénètre profondément la nation, qui est lasse des querelles des théologiens et des criminelles guerres de religion. Dans le traité d'Utrecht, elle apparaît comme une politique d'État et sort ainsi du domaine de l'abstrait pour entrer avec autorité dans celui de la réalité : un peuple libre a entendu le vibrant appel au respect des convictions d'autrui que Castellion a jadis adressé aux princes et l'a érigé en loi. De cette première province de son futur empire, l'univers, l'idée de tolérance poursuit sa marche victorieuse dans le temps ; les uns après les autres, les pays condamnent toute persécution religieuse et philosophique. La Révolution française accorde enfin à l'individu le droit d'exprimer librement ses opinions et ses croyances ; durant le siècle suivant, l'idée de liberté – liberté des peuples, des hommes, des idées – domine le monde civilisé comme une maxime inviolable.

*

Jusqu'à ce jour, elle a régné sur l'Europe sans que personne cherchât à la discuter. Les droits de l'homme paraissaient sceller dans les fondements de l'État ce qu'il y avait de plus intangible, de plus sacré dans une Constitution. Nous croyions déjà disparu à jamais le temps du despotisme spirituel, de la contrainte des idées, de la tyrannie religieuse et de la censure des opinions ; nous pensions que le droit de l'individu à l'indépendance morale était aussi absolu que celui de disposer de son corps. Mais l'histoire n'est qu'un perpétuel recommencement, une suite de victoires et de défaites ; un droit n'est jamais conquis définitivement ni aucune liberté à l'abri de la violence, qui prend chaque fois une forme différente. L'humanité se verra contester chacun de ses progrès, et l'évidence sera de nouveau mise en doute. C'est justement au moment où la liberté nous fait l'effet d'une habitude et non plus d'un bien sacré qu'une volonté mystérieuse surgit des ténèbres de l'instinct pour la violenter ; c'est toujours lorsque les hommes jouissent trop longtemps et avec trop d'insouciance de la paix qu'ils sont pris de la funeste envie de connaître la griserie de la force et du désir criminel de se battre. Car, dans sa marche vers son but invisible, l'histoire nous oblige de temps en temps à d'incompréhensibles reculs, et les forteresses héréditaires du droit s'écroulent comme les jetées et les digues les plus solides pendant une tempête ; en ces sinistres heures, l'humanité semble retourner à la fureur sanglante de la horde et à la passivité servile du troupeau. Mais après la marée, les flots se retirent ; les despotismes vieillissent vite et meurent non moins vite ; les idéologies et leurs victoires passagères prennent fin avec leur époque : seule l'idée de liberté spirituelle, idée suprême que rien ne peut détruire, remonte toujours à la surface parce que éternelle comme l'esprit. Si on la traque momentanément elle se réfugie au plus profond de la conscience, à l'abri de l'oppression. C'est en vain que l'autorité pense avoir vaincu la pensée libre parce qu'elle l'a enchaînée. Avec chaque individu nouveau naît une conscience nouvelle, et il y en aura toujours une pour se souvenir de son devoir moral et reprendre la lutte en faveur des droits inaliénables de l'homme et de l'humanité ; il se trouvera toujours un Castellion pour s'insurger contre un Calvin et pour défendre l'indépendance souveraine des opinions contre toutes les formes de la violence.

Avril 1936

Table des illustrations

Table

Le Livre de Poche s'engage pour l'environnement en réduisant l'empreinte carbone de ses livres. Celle de cet exemplaire est de :
250 g éq. CO_2
Rendez-vous sur www.livredepoche-durable.fr

Composition réalisée par FACOMPO, LISIEUX

Imprimé en France par CPI
en septembre 2016
N° d'impression : 3019176
Dépôt légal 1re publication : septembre 2010
Édition 09 - septembre 2016
LIBRAIRIE GÉNÉRALE FRANÇAISE
21, rue du Montparnasse - 75298 Paris Cedex 06

31/5371/5